三國奇變
戰略篇
卷 8
各懷鬼胎

# 目錄

第一章 狼圖騰 5
第二章 黑龍潭 31
第三章 知遇之恩 63
第四章 英雄莫問出處 93
第五章 智者見智 123
第六章 偷心賊 159
第七章 墨子也是穿越者？ 191
第八章 誤上梁山 221
第九章 各懷鬼胎 255
第十章 出奇制勝 287

# 第一章

# 狼圖騰

歐陽茵櫻道：「高句麗人雖然並不以狼作為圖騰，卻以白狼、白狐、白虎當作他們的三大神物，不到萬不得已時，是不准傷害的。從剛才的情況看來，一定是高句麗向天神求助過，他們以為帶著白狼上陣就能所向披靡了。」

騎兵打頭，狹窄的道路上擠滿了騎兵，高飛還沒有來得及衝出去，前方便已經被馬匹塞滿了道路。

與此同時，隱匿在塢堡中的魏延、陳到、文聘見高句麗人不戰自退，退得如此慌亂，立刻紛紛出擊。

陳到的部隊就埋伏在城門邊上，他第一個衝出堡門，一手握著連弩，一手握著鋼刀，快步地向前跑去，邊跑邊射箭，利用手中的連弩朝前方混亂的隊伍中射去。

高句麗人突然見到有伏兵殺了出來，變得更加慌亂，也開始慌不擇路的逃遁。黃忠、徐晃帶著騎兵隊伍先用連弩進行射殺，等到靠近時，便舉起手中的兵器對高句麗人進行砍殺，直接將高句麗人從中間一分為二。

拔奇、優居、主簿然人早已逃之夭夭，在親隨的護衛下跑進了密林，黃忠舞著大刀去追，密林中射出許多箭矢，撥開之後，已經尋不見拔奇等人。

戰鬥結束後，黃忠等人立刻開始打掃戰場，清理屍體，並且收集所有兵器。

高飛扭頭對身邊的歐陽茵櫻道：「是不是太過血腥了？」

歐陽茵櫻還是第一次見到如此冷酷的戰場，當她第一次看到鮮血狂飆，肢體亂飛的場面時，視覺大大地受到刺激，猛然轉身不想再看。可是，耳裡不斷傳來慘叫聲，空氣中瀰漫的血腥味讓她聞了幾欲作嘔。

高飛拍拍歐陽茵櫻的肩膀，道：「以後你會習慣的，看多了也就麻木了。小櫻，我想問你一個問題，高句麗人是不是把白狼當作神物來供奉？」

歐陽茵櫻點點頭道：「是的，白狼是很稀少的，**高句麗人雖然並不以狼作為圖騰，但是卻以白狼、白狐、白虎當作他們的三大神物**，不到萬不得已時，是不准傷害的。拔奇身上的白色虎皮也是意外獵殺的，穿在身上是身分的象徵。從剛才的情況看來，一定是高句麗在出征的時候利用薩滿向天神求助過，他們以為帶著白狼上陣就能所向披靡了。」

高飛道：「我有對付高句麗人的辦法了，**這次我一定要徹底攻克丸都城，把我的大旗插遍整個高句麗……不，應該是插遍整個東北的土地上。**」

這場小戰，因為白狼的突然出現，使得高飛的計畫有了變動，誘敵深入、甕中捉鱉的策略失效了，但是能夠在節骨眼上斬殺高句麗人兩千餘名，也算是勝利了。

焚毀了死者的屍體後，大軍再次回到塢堡。

大廳裡，高飛立刻下令道：「黃忠、魏延、徐晃、陳到、文聘，這三天，你們各自帶五百士兵在山林中找尋白狼、白虎、白狐，能活抓的儘量活抓，不能活抓，死的也成。」

黃忠、魏延、徐晃、陳到、文聘五人點點頭，領命而去。

許攸拱手問道：「主公，抓白狼、白虎和白狐，莫非是為了對付高句麗人？」

高飛笑道：「正是！既然一頭白狼就能影響到高句麗人的大局，那我們去多抓一些來，上戰場的時候也可以派上用場，讓高句麗人不戰自退。」

歐陽茵櫻、司馬朗、孫輕等都齊聲道：「主公英明。」

今天一戰，並沒有人陣亡，只有三兩個人在衝鋒的時候受了點皮外傷，確實是一個小勝利，但是還不夠，因為高句麗仍然健在，如果不攻克了高句麗的國都，讓百姓臣服的話，**高句麗以後必然會成為一個後患**。

黃忠、徐晃、魏延、陳到、文聘帶著部下在周圍的山林裡追逐了兩天兩夜，始終沒有看到有什麼白狼、白虎、白狐，雜色的倒是見了不少。

正當大家都快絕望的時候，突然一頭白虎出現在眾人的面前，振奮了大家的心。

不過對付白虎沒有那麼容易，何況他們所遇到的又是極為罕見的吊睛白虎，為了要活抓這頭猛虎，五個將軍帶著兩千五百士兵，硬是用了大半天的時間將白虎圍在一個亂石堆裡，然後利用獵人的工具，將網撒了進去，才將猛虎給抓到，捆綁運回了本溪的塢堡內。

高飛將老虎關在一個大鐵籠裡，每天餵老虎一些野味，然後坐等斥候的回報。

過了一天，斥候終於打聽到高句麗人的所在，高句麗人因為上次白狼受傷的事，認為這是天神在責罰他們，他們便秘密地撤軍了，全部回到了紇升骨城，扼守各處險要。

與此同時，褚燕、于毒聯合扶餘王一起進攻高句麗，已經深入高句麗境內八十里。胡彧也率部渡過了鴨綠江，直接北上，利用他在樂浪郡所招募的東夷兵，橫掃鴨綠江沿岸的高句麗人，俘獲高句麗人兩千戶，並且繼續向丸都城急進。

得到這三個消息後，高飛突然覺得心情很是低落，論進兵的速度，他趕不上褚燕、於毒和扶餘王的聯軍，論戰績也趕不上胡彧的軍隊。

他隨即召集眾將，道：「褚燕、胡彧兩軍都已經戰績輝煌了，我軍是主力軍，卻遲遲不能有所行動，實在是我軍的一大恥辱。這次是我的不對，沒有讓你們充分得到大展拳腳的機會，所以我決定，今天連夜出發，直逼紇升骨城。」

孫輕聽了道：「啟稟主公，出了本溪，再向東的話，一路都是難行的山路，馬匹無法通過……」

「這個我知道，所以，我們要輕裝上陣，只帶必要的乾糧和水，每個人都帶著一張連弩，二十支弩箭，再帶一把鋼刀，皆不披甲，不騎馬，徒步前進，一定要在一天後抵達紇升骨城。」高飛道。

歐陽茵櫻問：「主公，那隻吊睛白虎怎麼辦？如果帶著的話會很麻煩。」

「殺掉，把老虎皮給扒下來，清洗乾淨後我自有妙用。小櫻，這次徒步距離太遠，你的身體吃不消，我看你就和許攸、司馬朗、孫輕留在這裡吧。」

歐陽茵櫻反駁道：「可是我還有許多計謀沒有用上呢……」

「主公，我看這樣吧，屬下和司馬伯達、歐陽姑娘、孫校尉跟在主公的後面，等主公攻下紇升骨城的時候，我們也應該到了。到時候再一起去丸都城，不知道主公以為如何？」許攸也想立功，拱手道。

「對，主公先行，我們在後面尾隨。」歐陽茵櫻歡喜地道。

高飛想了想道：「那好吧，留下兩百個人看守塢堡，其餘的人全部到紇升骨城聚集。孫輕，一路上你要多多保護許攸、司馬朗和小櫻。」

孫輕抱拳道：「主公放心，屬下就是上刀山下火海，也一定會保護好他們的安全。」

高飛一拍大腿，立刻道：「好，那就這樣說定了，黃忠、徐晃、魏延，調集兵馬，準備乾糧和水，陳到、文聘，你們兩個去殺白虎，記得把皮整張扒下來再洗乾淨，未時的時候，我在城門口等你們！」

「諾！」

高飛帶著五千飛羽軍徒步前行，每個人各自帶著一張連弩，外帶近戰用的腰刀一把。

飛羽軍的兵器都是鋼鐵廠生產出來的精良鋼製腰刀，腰刀長三尺三寸，刀鋒鋒利無比，雖然不能達到吹毛即斷的效果，但是砍殺敵人時，絕對能夠將敵人的四肢一刀斬斷。

五千人的皮甲下方都墊著一塊木板，護住自己的前胸和後背，頭上帶著斗笠，在山中行走如履平地，很快便遠離了本溪塢堡，將後面的許攸、歐陽茵櫻等人撇得遠遠的。

紇升骨城就座落在五女山之上，是守丸都城的必經之地，也是整個高句麗的西方門戶。據出使過高句麗的卞喜和歐陽茵櫻說，紇升骨城地勢平坦，座落在五女山頂。

高句麗，一個曾稱雄於中國東北和朝鮮半島北部、存世長達七〇五年的中國少數民族地方政權，其肇端就在遼東的山區當中。

史料記載，西元前三十七年，中國東北的扶餘國王子朱蒙為避免兄弟迫害，逃離扶餘國南下，抵達五女山後，便在原有山城的基礎上加以擴建，命名為「紇升骨城」，並且正式作為了高句麗王國的都城。從此，高句麗政權逐步擴大了活動領域，創造了高句麗文化，為華夏文化史增添了光輝的一筆。

西元三年，高句麗第二位王「琉璃明王」，將王城由五女山山城遷到國內城（即丸都城），但五女山山城作為高句麗早期王城和發祥之地仍然倍受重視。此後數百年，山城不斷續建，一直是高句麗重鎮和交通要衝。在高句麗時期，這座山城從未被敵人攻占。（作者按：書中的國內城就是丸都城，高句麗人稱為國內城，漢人則稱呼為丸都城。但是和史實有些出入，史載國內城被攻破後，高句麗人才建造丸都城，但是由於筆者的疏忽，直到今天才查清楚國內城和丸都城的區別，導致這個小bug，希望大家能夠諒解筆者。）

高句麗是中國歷史上一個古老的國家，就是稱雄於朝鮮半島的高麗。從漢朝開始，中原就曾經多次攻打高句麗，一直到唐朝的時候，高句麗才被唐軍所滅。

熟悉歷史的高飛很清楚，這次出兵夾擊高句麗，就一定要徹底讓高句麗滅亡，否則的話，高句麗以後會成為他在東北的最大隱患。同時，滅掉高句麗之後，其他東夷肯定會受到震撼，不需要出兵，便能使其臣服，對他來說這是百利而無一害。

五女山山峰酷似玲瓏翠屏，四周懸崖峭壁，巍峨險峻。山頂地勢平坦，土質肥活，草木茂盛。渾江從山中穿過，煙波浩渺，雲天山水，渾然一體，讓五女山更彰顯了一份獨特之美。

走了許久路，高飛等人終於在第二天正午趕到了五女山中，在卞喜的帶領下，所有的士兵都在遠離五女山城還有五里的地方休息。

仰望遠處的山峰，但見一座巍峨的山城座落在山頂上，城牆上的大旗飄動，彰顯著它的威武。

時值四月天氣，樹林中不冷不熱，顯得格外愜意，許多士兵都席地而坐。

高飛和卞喜站在山道和叢林的交界處，看了一番山頂上的山城後，隨口問道：「這裡已經離紇升骨城很近了，為什麼還看不到一個高句麗人的影子？」

卞喜道：「主公有所不知，紇升骨城易守難攻，整個城池只有東、西、北三門，若要去丸都城，就必須要從紇升骨城穿行而過，高句麗人向來不懼怕有人來攻城，因為紇升骨城至今為止，除了高句麗人外，尚未被攻占過。」

高飛笑道：「高句麗人不僅好勇鬥狠，還很自大，再堅固的城池，也總有被攻破的時候，我就要讓他們看看，這次我是怎麼將紇升骨城給攻占的。」

就在這時，不知道從哪裡響起了一聲刺耳的鳴笛，原地待命的大軍紛紛緊張起來，手中都緊緊地握著兵器，目光注視著四周。

「什麼聲音？」高飛急忙問道。

大夥兒搖搖頭，所有的人都是一頭霧水。

突然，鳴笛聲再一次響起，那刺耳的聲音像是草笛，弄得分散在各處的五千士兵都變得很是緊張，一種不祥的預感也隨之襲來。

「啊——」

軍隊的最邊緣，一個士兵傳來一聲慘叫，聲音還沒有落下，接著又有十好幾個士兵發出了同樣的叫聲，弄得所有人都人心惶惶，心裡產生了一絲的恐懼。

**恐懼，不是因為看見了什麼而害怕，相反，正是因為不知道害怕的是什麼，兀自猜測而變得恐懼。**

突然，從最邊緣的草叢中竄出許多條蛇來，張著血盆大口，吐著信子，從顎上噴出了毒液，撲向了驚慌的士兵。

一聲悠揚而又不間斷的笛子聲再次響起，草叢中的毒蛇吐著長長的信子，隨後便跳了起來。

士兵紛紛叫喊起來：「有蛇！有蛇……」

高飛看見一條長長的花蛇撲向自己，他本能地避開，卻不想自己身後的士兵卻叫了起來，他急忙回頭，但見那條蛇盤旋在身後士兵的臉上，張開嘴便咬了那士兵一口。

那士兵丟下兵器，用手往臉上抓去，將蛇從自己的臉上抓了下來，重重地摔在地上。接著拿起兵器想刺殺那條蛇，沒想到蛇一著地便四處竄開，扭動著身體朝漢軍中鑽去，而那名士兵的臉已經出現了青色的瘀痕，黑色液體正流了出來。

大軍亂做一團，士兵們不停地喊著。

「別慌，保持陣腳……」

毒蛇越來越多，大約有成千上萬條，那悠揚的笛音一直久久不散，許多士兵都被毒蛇咬到了。

「凡是被毒蛇咬到的，原地待命，千萬別隨意走動，就算毒蛇爬到身上也不能動，否則，毒性一旦擴散開來，隨時會死。」

高飛拔出鋼刀，揮刀斬斷了好幾條毒蛇，大聲地喊道。

一時間，飛羽軍每個人的身上都有著青色的瘀痕。

「沒有被蛇咬到的，分散開來，用刀斬蛇頭！」高飛指揮道。

高飛望向前方的草叢中，但見草叢中蛇頭林立，多不勝數。他還從來沒有遇到過這麼多的蛇，不知道如何應對。

忽然，高飛看見不遠處的大樹上坐著一個人，那人正在吹奏著一根草笛，他立刻明白過來，**是笛音在控制著這些毒蛇**。

「黃漢升！」高飛朝隊伍喊了一嗓子。

「末將在！」黃忠從人群中跳了出來，朝高飛抱拳道，「主公有何吩咐？」

高飛在黃忠耳邊小聲說道：「看見那邊樹上坐著的人嗎，把他給射下來，只要那人一死，毒蛇就會立刻停止攻擊。」

「諾！」黃忠應了聲，立刻取出背著的大弓，將箭矢搭在弓弦上，連瞄都沒有瞄，開弓便是一箭，一支黑色的羽箭便劃破長空飛了出去，將大約一百五十步開外的那個吹奏草笛的人射翻了下來。

那人從樹上跌了下來，摔在一塊岩石上，頭部迸裂開來，腦漿和鮮血混合在一起，笛音也停了下來，蛇群不再有任何動靜，大約停了短暫的幾秒後，毒蛇便從士兵的身上和地上紛紛散去，再次藏身在草叢中。

蛇群一退，不少人癱坐在地上，身上都出現各種不同程度的傷痕，毫髮未損的，只有不到五百人。

蛇群雖然退了，可是蛇毒還在士兵的身上殘留著，如果不加以救治的話，恐怕毒性會很快擴散開來，到時候毒血攻心，就是大羅神仙下凡也救不了啦。

高飛急得團團轉，自己最為得意的飛羽軍，也是最精良的部隊，用不了多久，就會統統死在蛇毒之下。

他張開嗓子，大聲地喊道：「軍醫……軍醫……軍醫何在？」

立刻有人報告道：「啟稟主公，軍醫第一個被毒蛇咬到，便已經毒發身亡了，在他攜帶的草藥裡也沒有找到解毒的藥物。」

「這仗打得真窩囊，連個高句麗人的影子都沒有見到，自己都快要死了。」魏延心有不甘地道：「我還沒有立功呢，就這樣死了，上天對我真是不公平啊！」

高飛眉頭緊皺道：「該死的高句麗人，居然用這種詭計來對付我們，我一定要將所有抵抗的高句麗人全部屠殺……」

話雖如此說，可是看著五千人裡只有十分之一的人沒有被毒蛇咬到，這個傷亡的代價實在是太大了，高飛的心在滴血，整個人顯得極為悲憤。

「主公，屬下跟著主公這麼長時間以來，能夠死在主公的身邊，也是我的福分，我只求主公在我死了以後，好好的照顧我的家人……」

夏侯蘭胳膊、腿、脖子上都有毒蛇的咬痕，全身籠罩著一層青色，有氣無力地道。

「夏侯蘭……」

高飛流下滾燙的熱淚，再看看身邊的魏延，心情更是無比沉重，如果沒有辦法醫治蛇毒的話，一下子就會有兩員大將喪失，還有四千五百名飛羽軍的將士將要陣亡。

「我有辦法救你們……」

一棵大樹後面突然跑出一個年輕漢子，高聲叫道。

高飛和所有的人都扭過了頭，看著那個從樹後面轉出來的漢子，立即劍拔弩張，顯得很是緊張。

那漢子面相冷峻，身體健壯，身上披著一件白色的虎皮圍裙，頭上梳著兩根小辮，一左一右的垂在肩膀上，手中握著一柄鐵叉，腰中懸著箭囊，背上背著一張大弓，整個人顯得英武不凡。

他看了一下高飛等人緊張的神情，還有地上躺著四千多奄奄一息中了蛇毒的人，冷笑道：「如果你們不相信我的話，那我也沒有辦法，就只能眼睜睜的看著這四千多人死去了。忘了告訴你們，這裡的毒蛇是出名的，如果半個時辰內還沒有得到救治的話，也只有死路一條了。」

高飛看了看這個披著白色虎皮的漢子，穿著打扮都和高句麗人差不多，可是卻說著一口流利的漢話，覺得很好奇，問道：「你是什麼人？」

那漢子道：「**一個能救你們，並且幫助你們殺掉拔奇、奪取紇升骨城的人**。」

「不管你是什麼人，只要你能救活我的這些弟兄們，我一定會給你重重的賞賜。」高飛眼看自己的兄弟們就要死了，只能死馬當活馬醫了。

那漢子隨即彎下腰，從草叢裡拔起一根青青的小草，高高地舉在手中，道：「看見這樣的草嗎？這裡到處都是，凡是中了蛇毒的人，吃下這樣的草，便能活命。」

「主公，此人來歷十分可疑，而且穿著打扮和高句麗人沒什麼兩樣，他身上披的是白色的虎皮，身分一定極為尊貴，極可能是高句麗人怕我們死得不夠快，特地派來想讓我軍士兵快點死的。」卞喜懷疑道。

高飛嘆道：「中了蛇毒的人，如果沒有解藥的話，一樣會死，只是早晚的問題……」說完，便從地上拔起一根和那漢子手中一模一樣的野草，張嘴便要吃。

「等等……」

那漢子見了，立刻大聲叫道：「這叫**斷腸草**，凡是中了蛇毒的人，吃了之後能夠用以毒攻毒的方法救他們的命。可是你並沒有中毒，如果將這斷腸草吃了下去，不出七日，你必然會腸胃潰爛、七竅流血而死。」

高飛皺起眉頭，正在猶豫該不該相信那個漢子的時候，卻見那漢子從背後的一個小皮袋裡掏出了一條蛇。

那漢子將蛇放在自己的手臂上，那蛇立刻咬了他一口，傷口處立刻湧現出一團青色。他隨即將手中的草給塞進嘴裡咀嚼，然後咽下肚子裡，道：「這下你總該相信我了吧？」

高飛見這漢子以身試法，便道：「好，我相信你。」轉身便要將手裡的斷腸草塞進中毒很深的夏侯蘭的嘴裡，卻忽然聽到那人在背後慘叫起來，捂著肚子在草地上打轉。

可是，那漢子只受了幾十秒的腹痛之苦，便重新站了起來，一臉汗水地道：「這是斷腸草的副作用，雖然可以解毒，但是也要經過一點疼痛。請相信我，我真的是來救你們的。」

高飛見那漢子十分的誠懇，便點點頭，將斷腸草塞進了夏侯蘭的嘴裡。

夏侯蘭咀嚼了一番之後，吞下肚子，沒多久，他的腹部開始疼痛起來，面部一陣抽搐。

但沒過多久，臉上的青色便淡去許多，額頭上掛滿了汗水，從傷口裡流出來的血也變成了紅色。

他朝高飛道：「主公，屬下沒事了，手腳能動了，身上也不覺得冷了。」

魏延見後，二話不說，立刻效仿。其餘中了蛇毒的人也都紛紛照做，一時間，在他們周圍草叢裡的斷腸草都被拔得一乾二淨。

蛇毒解去後，高飛親自向那個漢子拱手道：「在下驃騎將軍、燕侯、幽州牧高飛，多謝這位兄弟的救命之恩，不知道如何稱呼？」

那漢子聽後，臉上一喜，急忙跪道：「在下**白宇**，字成業，會稽人士，今日能夠遇到鼎鼎大名的高將軍，實在是三生有幸，將軍如蒙不棄，白宇願意就此跟隨將軍身邊。」

高飛見有人願意投靠他，本來是應該歡喜的，但是**人心隔肚皮，他對白宇並不瞭解，誰知道是不是高句麗人派來的細作。**

他的語氣顯得很冷淡地道：「哦，你一個會稽人，怎麼跑到高句麗來了？」

白宇嘆道：「將軍有所不知，在下乃白起之後，本來遷徙到會稽郡，可誰想前幾年中原鬧黃巾之時，會稽也有人造反，我拼死逃出，乘船漂浮大海，便來到這塊土地上，從此在這裡過上了狩獵的生活。前幾日聽見有人說起將軍要來攻打高句麗，我是特地在此恭候將軍的，為的就是投靠將軍。」

高飛聽了道：「原來是名將之後，那倒是失敬了，既然你救了我這四千多部下的性命，那你從此以後就跟著我吧，先從一個屯長幹起，怎麼樣？」

「屯長？」白宇驚詫地道。

高飛道：「怎麼？你不願意？我這些部下都是精良的士卒，每一個官職都是殺敵立功得來的，你剛加入，我就讓你當屯長，已經是很大的官了。」

白宇連忙擺手道：「不不不，我不是這個意思，我還以為是讓我從士卒做起呢，既然讓我當屯長的話，那我以後會好好立功的，用功勞讓這個屯長變得實至名歸。」

高飛很滿意地笑了笑，轉身對卞喜道：「卞將軍，這個人就暫時歸到你的部下了。」

卞喜道：「諾！」

白宇的出現解除了高飛面臨的危機，可是如何攻打紇升骨城，成了眼前最緊急的事。

高飛讓士兵好好的在原地休息一下，召集了黃忠、魏延、徐晃、陳到、文聘、卞喜、夏侯蘭一起商議。

「紇升骨城座落在五女山上，這五女山地勢險要，如果要登上山城的話，也要費去不少時間，該如何攻打，我想聽聽你們的意見。」

黃忠道：「啟稟主公，屬下以為，高句麗人以為用毒蛇便把我們全部咬死了，不如我們**再次採取誘敵深入的方法**，裝出一副損失慘重的樣子，高句麗人必然會再次前來追擊，那時候紇升骨城就成了一座空城，就算留有兵力，也一定不多，只要發動突襲，就能讓其陷入混亂，迫使高句麗人不戰而退。」

高飛看著眾人，問道：「你們以為如何？」

「啟稟主公，我們的意見和黃將軍的意見一致。」其餘人異口同聲地道。

「拔奇是不會上當的……」剛剛加入的白宇，站在卞喜身後說道。

眾人一起看了過去，高飛道：「你說什麼？」

「啟稟主公，剛才屬下妄語了，還請主公恕罪。」白宇自覺失言，趕忙拜道。

高飛道：「不不，你剛才說拔奇不會上當，是不是你知道些什麼？」

白宇點點頭道：「拔奇是紇升骨城的城主，為人也很凶殘，而且特別聽信薩滿的意見，上次由於白狼王受傷軍隊而遭到慘敗，這次薩滿已經替他請示了天神，說高句麗大難臨頭，唯有固守為佳。拔奇那麼聽從薩滿的話，是不會出城的，除非……」

「除非什麼？」高飛問。

「除非能有什麼稀罕的獵物引誘拔奇，否則的話，拔奇寧願老死在城裡，也不會再出來了。」白宇答道。

「什麼稀有的獵物？」高飛急忙問道。

白宇道：「吊睛白虎乃是森林之王，這頭猛虎極其罕見，而且還很難抓到，拔奇一直想親手射殺一隻吊睛白虎，如果能夠抓來一頭吊睛白虎的話，或許拔奇就會出城狩獵了。」

「哈哈哈！天助我也！」高飛聽後，大聲地笑了起來。

其餘人也都跟著笑了起來，拱手道：「恭喜主公，賀喜主公，此天使主公成功也！」

白宇聽了一頭霧水。

高飛拍了拍白宇的肩膀，道：「白宇，從今天起，你就擔任軍侯吧，暫時跟隨黃老將軍身邊，等再立了什麼功勞，我再封賞你。」

白宇拜道：「請主公收回成命，白宇萬萬不能受此封賞。」

「哦，給你升官你還不做？」高飛奇怪地道。

白宇道：「白宇做事，但求無愧於心，這官升得糊裡糊塗，再說白宇寸功未立，怎麼能再升官呢？」

「嗯，你這個人還不錯，到是有幾分個性。這樣吧，從今以後你還當你的屯長，就跟在我的身邊吧。你的話讓我深受啟發，剩下的，就等到今天晚上看場好戲吧。」高飛滿心得意地道。

「可是主公，我們上哪裡去找吊睛白虎呢？」白宇不解地道。

高飛附耳在白宇身邊道：「這個你就不用操心了，白虎我們已經找到了，你現在只需……」

白宇聽後，臉上大喜，當即辭別高飛，朝紇升骨城飛奔而去。

夕陽掠過五女山陡峭的山岩，從山岩狹窄的縫隙間把最後一線餘暉灑在渾江湍急的江面上，跳躍起萬點碎金。

沙灘上一長串尖頭牛皮靴的靴印，靴印的盡頭是逆光夕陽下一個長長的身影。黑色的身影在江邊徘徊，浮光躍金，萬點華貴的金色灑在黑影長長的白色披風上。

山寒水瘦，林密草豐。五女山頂峰赤裸的山岩如峭壁，峭壁環山一周，峰頂上騰起一座城堡。江霧漸起，城堡如在天上。

那壯碩的黑色人影突然伏地三叩，雙手高擎，低沉的喉嚨裡發出一聲長長的嘯聲，嘯聲在山谷間迴蕩，隨著升騰的江霧攀上山頂，驚醒了岩縫間棲息的山鷹，山鷹振翅，在霧裡盤旋。

漢子名叫拔奇，自命不凡，常常自詡自己是太陽神的兒子，河伯神的外孫。他站在河灘的夕陽裡看著五女山，感覺祖先在瞬間給了他一種啟示，他感謝上蒼的恩賜，由不得伏地三叩，一聲長嘯。

拔奇拜完之後，很快便回到了城裡。

紇升骨城怎麼看都像一隻靴子，在半山腰處突兀而起的主峰，斷壁懸崖刀削斧劈，如靴筒，靴底桀驁地伸向天空，高空俯瞰，南北兩端向東部凸出，中部內凹，一個清晰的腳印印在這塊東北大地上。

紇升骨城的城垣天作人合，一邊是天然的牆，利用山間陡峭的懸崖或凸起的山脊直接作為屏障，分成峭壁牆和脊牆兩種。另一邊是人工牆採用石材築成，牆外壁用大石條起基，上用楔形石逐層疊加壘築，牆內以楔形石錯縫疊壓，與外牆犬牙交錯相互咬合，石與石之間形成巧妙的力學制約關係。

有城必有門，城以據險，門以通達。紇升骨城有三座城門。西門位於山城西南角，寬約兩米，北側為楔形石鋪砌就的城牆垛頭。

南側斷崖，下臨深谷，一條羊腸小徑如攀附山岩的古藤，自山頂垂到谷底，山嵐霧氣間時隱時現，即使千軍萬馬，要想破城，只能沿小道依次而上，南門就成為一處險要關隘，「一夫當關，萬夫莫開」，天險助人，非人力可為。

東門砌於兩牆之間，僅有豁口，門已無存，依稀遺跡，遍布苔草之間。兩門位於主峰西部，築於一條山谷的上口，山谷底寬上窄，兩側山崖壁立，門借山勢，形成天然關隘。

紇升骨城的城垣隱在疏落的柞樹林中，城牆上的苔蘚已是斑駁的褐黃色，如滄桑農夫臉上的老人瘢。環山巡邏的道上落葉婆娑，風吹過，颯颯的響聲墜落山谷，山谷間迷濛的霧氣托住這蒼穹幽淡，一脈肅穆曠遠的意境。

天地寂寂，古風悠悠，極目山下，拔奇站在西門的城樓上，俯瞰著這座美麗的大山，腦海中一直搞不清楚，為什麼當初高句麗的第二代國王琉璃明王會遷都至丸都城，在他的心裡，只有這紇升骨城才是最完美、最安全的城池。

夕陽西下，暮色四合，在上山的道路上，拔奇看到一位穿著白色虎皮的青年，正邁著矯健的步子，朝紇升骨城趕來。

守城的士兵早已經架起了弓箭，只待看清來人的面目之後，便開弓射箭。

「哦，是白宇回來了，你們不用驚慌，快打開城門，讓他進來。」拔奇隨即笑著對士兵說道。

城門打開之後，白宇隻身進入紇升骨城，見到拔奇後，便向前一拜，道：「尊敬的王子殿下，白宇幸不辱命，終於回來了。」

拔奇拉住白宇的手，將白宇拉了起來，道：「你一走就是一個月，這一個月的時間裡，我可是想死你了。你可曾找到吊睛白虎的蹤跡嗎？」

白宇道：「啟稟王子殿下，白宇已經找到了，並且將白虎引到這一帶來了，就在山下的樹林裡。」

拔奇顯得很開心，但是笑容轉瞬即逝，隨即問道：「你可曾見到有漢軍的屍體嗎？」

「見到了，橫屍遍野，大約有四千多人，都是被黑龍潭裡的毒蛇咬死的，不過，飼養毒蛇的人好像已經死了。」

白宇在黃巾之亂時流落到高句麗，很快便適應了這裡，一次偶然的機會認識了拔奇，拔奇很想知道中原人的動靜，便留下白宇在身邊，經常帶著他進出，所以他才可以完全自由地出入紇升骨城。

# 第二章
# 黑龍潭

黑龍潭是一處幽深的山谷，那裡的環境很適合毒蛇居住，除了馴蛇人外，一般沒有人敢接近那裡，整日被瘴氣籠罩，還沒有進入黑龍潭就能聞見一股毒蛇的腥臭，使得黑龍潭也成為高句麗人的禁忌之地。

拔奇擺手道：「以一人之命換取漢軍四千多人的命，他死的也算是值得了。只是，你可曾還看到其他漢軍？」

「除了死人外，一個都沒有看到，漢軍似乎已經狼狽敗退了。試想一下，有誰能夠抵擋住黑龍潭的毒蛇而不死呢？」白宇諂媚道。

拔奇對白宇很滿意，因為只要是他想要的獵物，白宇都會給他弄來，尤其他對吊睛白虎很感興趣，想要親自射殺牠，所以才在一個月前讓白宇進山尋找吊睛白虎。

此時聽到漢軍已退，吊睛白虎也找到了，顯得十分開心，一把將白宇抱在懷裡，哈哈大笑著對身後的人道：「傳令下去，集合隊伍，隨我一同下山打獵。」

「王子殿下，現在已經接近天黑，此時下山，只怕會遇到什麼毒蟲猛獸……」主簿然人急忙勸道。

拔奇很有自信地道：「有什麼好擔心的，要抓吊睛白虎必須動用大批的人力，調集兩萬七千人跟我下山，將周圍都圍成一個圈，只有如此，才是真正的打獵。」

然人知道拔奇的脾氣，明白他不好規勸，但是不勸也不行，便對拔奇道：

「王子殿下，不如請薩滿算一算是否合適？」

拔奇想了想道：「也好，請薩滿！」

薩滿很快便被請來了，但是白宇並不擔心，因為薩滿是個牆頭草，只會順著拔奇的意思來辦事。

薩滿臉上戴著面具，手中拿著兩個手鈴，一到，便先走到拔奇的面前，問道：「拔奇王子有什麼事情嗎？」

拔奇道：「薩滿，你快給我算算，我現在想下山去打獵，去打我夢寐以求的吊睛白虎，不知道去得去不得？」

薩滿見拔奇興奮不已，便瞭解他的心意了，開始跳起了大神，口中還振振有詞的念著一些旁人聽不懂的話語，舞動著手中的手鈴，蹦蹦跳跳的。

與此同時，他的手下則在一旁助陣，裝神弄鬼的跳了起來，圍著薩滿，在火堆上跨來跨去，有的還口吐烈火。

「分明是個賣雜耍的人嘛，來到這裡就當起了薩滿，還暗中指使拔奇做一些壞事，等紇升骨城被攻下之後，我第一個就殺了你。」白宇在一旁看著，心裡默默念道。

薩滿跳了好一會兒，累得滿頭大汗，這才緩緩地道：「天神旨意，那吊睛白虎就在山下森林裡，王子儘管去抓那孽畜便是。」

拔奇一聽薩滿同意了，更是來了精神，立刻吩咐道：「傳令下去，集結兩萬六千人，我要在夜間打獵！」

然人急忙勸阻道：「王子殿下，紇升骨城裡總共就兩萬七千人，殿下一下子帶走了兩萬六千人，萬一……」

「大膽，這是天神的旨意，你難道想違抗天神的旨意嗎？你別忘了，王子殿下可是太陽神的兒子！」薩滿立刻叫道。

然人支吾道：「不敢，還請王子恕罪！」

拔奇一心撲在打獵上，哪裡還顧得上這些，拉著白宇走到一邊，歡喜地道：「你帶路，這次要是能夠打到吊睛白虎，我就任命你為主簿，然人太不開竅了，薩滿也對然人有意見，等我回來了，一定以天神的名義處死他。」

白宇道：「王子聖明。」

高句麗人很快就集結完畢，這次是去狩獵，每個人都帶著一張弓和一壺箭而已，其餘的都沒帶，在拔奇、白宇的帶領下，打著火把，朝山下走去。

夜幕裡，密林深處，藏身在那裡的高飛等人早已將火龍看得清清楚楚，他感到很震撼，沒想到拔奇對打獵癡狂到如此地步，居然用那麼多人來設立圍圈。

看著長長排成的火龍，高飛恨恨地道：「白天你們放毒蛇咬我們，這次我也讓你們嘗嘗被毒蛇咬的滋味。黃忠，都準備好了嗎？」

黃忠點點頭：「放心吧主公，所有人都已經準備就緒，只要拔奇一到，好戲就馬上開鑼。」

高飛臉上露出了賊笑……

夜晚將它漆黑的翅子展在五女山上面，陰鬱的沉默在昏暗的天空下，河流在深處單調的呻吟，想帶著沉重的澎湃撲到高高在上的懸崖。灌木叢裡，屹立著一排排烏黑的影子，無數雙眼睛注視著遠處明亮的燈火。

夜色昏沉黑暗，和舉行葬禮時一樣地淒慘，整個自然界好像都穿著喪服。月亮和星星被烏雲和密雨遮得一點不漏，像是它們完全消失了一般。

大山呈現出兩種不同的色彩，一邊是昏暗寂靜，另外一邊則是由火把映照的昏黃，以及噪雜的人聲。

拔奇手持一張三百石的黃金大弓，整張弓是經過精心製作的，邊緣鑲著一層黃金，在弓弦兩端，各鑲嵌著一顆紅色的寶石，在夜色中顯得格外亮眼。

這張弓的射程也很遠，拉滿弓後，可以射出三百步遠，整個高句麗內，只有拔奇一人能夠拉開此弓。

拔奇和白宇興奮的走在一起，目光中流露出無比的喜悅，他寬大的身材在岩石上健步如飛，雜亂的亂石堆彷彿平地一樣，絲毫影響不了他的腳步。

「還有多遠？」拔奇已經不耐煩了，忍不住問道。

白宇指指前方不遠處的一個幽暗的山谷，回答道：「王子殿下，前方不遠就是了。」

拔奇興奮之餘，還不忘記保持作為一個出色獵人加戰士的敏銳，他的目光四處搜索著，掃視一番周邊的環境之後，立刻明白要去的地方是何處。

他停下了腳步，扭頭對白宇道：「你要帶我去黑龍潭？」

白宇解釋道：「不是我要帶王子去，而是我已經將吊睛白虎引到了黑龍潭裡，讓那群毒蛇替王子看住那頭白虎，否則，白虎跑了，就無法尋找了。」

拔奇覺得白宇說得有理，吊睛白虎他只小時候見過一次，他曾經聽老獵人提起過，這樣的猛虎是百年難得一見的，誰要是能夠抓到牠，誰就是當之無愧的神勇之士。

他對吊睛白虎的癡迷程度已經接近了瘋狂，為了尋找這種白虎，他甚至耗費鉅資請人去查詢下落，可是派出去的人都被白虎殺死，沒有一個能夠回來。當然，除了白宇。

他心裡對這個漢人的智慧很佩服，才來紇升骨城沒有幾年，就靠實力成為一名出色的獵手，如果他不是漢人的話，完全可以在高句麗當上一位對盧，統帥整個高句麗的軍隊。

他點了點頭，問道：「你會操控黑龍潭裡的毒蛇？」

白宇搖搖頭：「如果會的話，就不用找吊睛白虎找得那麼辛苦了，但是那裡的毒蛇怕我，他們不敢接近我。」

黑龍潭是一處幽深的山谷，那裡的環境很適合毒蛇居住，除了馴蛇人外，一般沒有人敢接近那裡，整日被瘴氣籠罩，還沒有進入黑龍潭就能聞見一股毒蛇的腥臭，使得黑龍潭也成為高句麗人的禁忌之地。

**人都有害怕的東西，當人們面對凶殘的敵人會變得更加凶殘，面對猛獸也會變得更加凶猛**，可是總是會有許多人對於毒蛇產生畏懼，一隻兩隻可能不會，但是當毒蛇成群結隊的出現，人無法擁有立錐之地的時候，就不可能再冷靜下來了。

高句麗之所以會如此強悍，除了得天獨厚的地理優勢外，還擁有許多常人想不到的東西，操控毒蛇、猛獸是高句麗人一個特殊的技能。馴蛇人、馴獸師都是從小就開始接觸這些東西，一旦有了戰爭，他們就會驅使毒蛇猛獸加入戰鬥。

拔奇很奇怪，他自己對黑龍潭都有三分懼意，而站在他身邊的白宇卻說毒蛇怕他。

他不由自主的朝後退了一步，問道：「黑龍潭裡的毒蛇真的怕你？我們現在進入黑龍潭，真的沒有事嗎？」

白宇點點頭：「王子請放心，黑龍潭裡的毒蛇都是受過訓練的，牠們和一般的毒蛇不同，沒有馴蛇人的操控，他們不會隨意攻擊任何人，這是我前幾日從馴蛇人那裡學來的，所以，我才敢將吊睛白虎引入黑龍潭，讓萬千的毒蛇來看守牠。」

拔奇很痛恨毒蛇，也很鄙視馴蛇人，在他眼裡，那些天天和毒蛇猛獸在一起的人都是天神所遺棄的異類，他甚至下令所有的馴蛇人、馴獸師不得出現在正常的城池裡。可是，他也不得不佩服這些人，一旦高句麗有了戰爭，他們就會自動加入戰鬥的行列，驅使他們所飼養或者馴服的毒蛇、猛獸加入戰鬥。

「還好這裡只有一個黑龍潭，比起國內城那裡來，要安全許多。」拔奇自言自語地道。

一行人繼續前行，拔奇和兩萬多人組成的長龍跟著白宇到了黑龍潭的入口。

除了白宇，其他人都遮起口鼻，以避開從黑龍潭裡發出的那股腥臭，心想黑龍潭裡的毒蛇到底有多少，每日不知道有多少人喪生在此地，淪為毒蛇的美餐。

「王子殿下，請你下令讓所有人都排成五列，然後跟隨我一起進入黑龍潭。」白宇看出拔奇和其他人內心的恐懼，出言道：「請王子殿下放心，有我在，毒蛇不會傷害任何人的。為了吊睛白虎，王子也應該振作起來，千萬不能當懦夫。」

「我不是懦夫！」拔奇瞪大了眼睛，大聲吼道。

白宇道：「王子殿下是英勇無比，神勇無敵的太陽神之子，絕對不是懦夫。」

拔奇定了定內心的恐懼，扭頭對身後的人喊道：「全軍排成五列，跟隨我一起進入黑龍潭，違令者斬！」

高句麗人的勇士們平時都無所畏懼，可是這會兒到了黑龍潭，心裡都不免有些發怵。不過，他們知道違抗命令的結果，既然王子都不怕，他們也不能再害怕。

一聲令下後，高句麗人迅速排成五列，跟著白宇、拔奇一起進入了黑龍潭。

黑龍潭十分的陰暗潮濕，由於四周被大山阻隔，谷底又有許多高聳入雲的大樹，茂密的樹林裡枝葉層層交織，將太陽光完全遮擋了起來，即使是在白天，黑龍潭裡也是一片昏暗。

谷底有叢生的石堆，有一潭寬闊的溪水，原本是一處很優美的原始森林，不知道從什麼時候起，高句麗的馴蛇人看中了這裡的養蛇環境，便將此處變成了豢養毒蛇的勝地。日復一日，經年累月下來，毒蛇也越來越多，加上馴蛇人獨特的養蛇方法，山林裡的瘴氣隨之產生，使得旁人不敢接近這裡，也讓這處山谷變得更加陰森恐怖，漸漸地人畜罕至，飛鳥從上空經過都要被谷底的臭氣熏暈，逐漸成就了黑龍潭的惡名。

排成隊伍的人龍沿著山谷入口的道路，緩緩地進入山谷。

這時，在黑龍潭外山谷入口處兩邊不遠的地方，湧動的黑影逐漸從密林裡走了出來，是高飛和他的飛羽軍。

他們按照原計劃，一路小心翼翼的跟隨著高句麗人走了過來，看著這些人進入了黑龍潭，所有人的臉上都浮現出一絲笑容。

「主公的計策可真是高啊，如此一來，我們不費吹灰之力，就能解決這兩萬多的高句麗人了。」魏延對高飛產生了無比的敬佩，在一邊豎起了大拇指。

高飛道：「如果不是白宇的出現，只怕也不會如此順利。白天咱們被毒蛇咬了，這次也該輪到高句麗人自己了。夏侯蘭，你被毒蛇咬的最多，還差點喪命，我給你留下五百人，這裡就交給你把守，除了白宇外，只要其他人出谷，一律格殺勿論。」

夏侯蘭道：「諾！我一定要讓高句麗人血債血還，為死去的軍醫和幾名兄弟報仇！」

高飛點點頭：「現在紇升骨城的兵力已經不多了，我們趁現在一鼓作氣的進攻，定然能夠將紇升骨城攻占下來。所有人都注意了，全部跟我一起去進攻紇升骨城！」

「諾！」

黑龍潭裡，白宇帶著拔奇等人已經到了谷底，身邊到處都能聽到令人毛骨悚然的「沙沙」聲，惡臭也是撲面而來，讓人幾乎透不過氣來。

突然，拔奇鬆開捂住鼻子的手，眼裡閃出道道精光，他看見遠方一處大石上臥著一頭吊睛白虎，驚喜之下，大聲叫了出來：「找到了，終於找到了，所有人都跟我來！」

拔奇第一個跑上前去，小心翼翼地，生怕驚動了那頭猛虎，同時拉滿弓箭，一箭便朝那頭猛虎射去。白虎中箭，滾落到大石後面，連叫都沒叫一聲。

「什麼狗屁猛虎，不過是人們瞎吹噓出來的，遇到我太陽之子拔奇，還不是一樣被射殺！」

拔奇帶著喜悅的心情跑了過去，當到了大石邊時，在火光的映照下，卻看見居然只是一張虎皮而已。

就在這時，一聲草笛聲響了起來，身邊的白宇已經消失得無影無蹤，緊接著，無數條毒蛇從四面八方朝拔奇和在場的高句麗士兵撲了過來。一聲聲慘叫頓時響起，黑龍潭谷底傳出了悲慘的叫聲。

「白宇……白宇……我以太陽之子的名義詛咒……」

拔奇的身上被許多條毒蛇爬滿，身上到處被咬得不成樣子，意識到是白宇出賣了他後，不禁發出詛咒來，可是不等他說完，一條毒蛇便鑽入了他的口中……

其餘的高句麗人早已亂作一團。

回去的路已經被毒蛇封住，士兵們揮舞著手中的火把借機驅散蛇群，這招很管用，蛇群一見到火光就立刻散開，不知不覺讓開了一條道路。

士兵們見到道路打開了，大家立即背靠背圍成一團，舉著火把驅散身邊的毒蛇，挪著步子，朝外面慢慢地前行。

白宇隱匿在一個山洞裡吹奏著草笛，見狀便改變了吹奏的節奏，使得聲音變得輕快起來。

聲音一變，毒蛇們都從地上跳起，張開血盆大口，噴出口中的毒液，將聚在一起的高句麗勇士們弄得亂哄哄的。許多人拔刀斬斷毒蛇，可是剛斬斷一條，就有十幾條向他們撲去，很快身上都纏滿了毒蛇。

黑龍潭裡的毒蛇多不勝數，足足有十萬條之多，其中還有許多巨型的大蟒，這時只不過是一兩萬條毒蛇在舞動，更厲害的還沒有出現。

白宇慶幸自己在一個月前接受拔奇交托的尋找吊睛白虎的任務，他知道吊睛白虎不好對付，索性到黑龍潭裡和馴蛇人為伍，並且從馴蛇人那裡學來了馴蛇的秘術，這次正好派上用場。

笛音再次一變，沉悶的音符響起，毒蛇開始緩緩撤退，換來的是一條條巨型大蟒，每條大蟒的身軀都幾乎有一頭猛虎那麼粗，張開血盆大口，舞動著長長的蛇身撲入了高句麗人的人群中，一口便活吞下一個人，火光似乎對牠們毫無影響。

黑龍潭裡慘叫聲不絕於耳，讓守在外面的夏侯蘭等人聽了都覺得有點膽戰心驚，無法想像裡面到底發生了什麼事，只見谷底突然起了大火。

火光衝天，只有白宇一個人從谷裡走了出來，手中拎著一張黃金大弓，面帶笑容……

夜幕下的紇升骨城變得格外引人注目，城中燈火通明，城牆上的黑影也隨之走動。

在不遠處的西北方，一處山谷裡突然燃起了熊熊的烈火，烈火焚天，照得整個西北方仿如白晝。

「快去稟告大加大人和主簿大人，黑龍潭突然失火！」負責巡邏的士兵立刻將所見到的情形朝下面喊道。

喊聲剛落，一支帶著火星的箭矢便貫穿了他的胸膛，箭矢直接插入心臟，整個人被一箭穿心，直接身亡，並且從城樓上墜落下來。

其餘守城的士兵還來不及反應，便見無數支帶著火星的箭矢從外面射了進來，站在城牆上的一排士兵都盡皆墜落城下，一個個摔得腦漿迸裂，血肉模糊。

哨聲在這個時候響了起來，劃破了紇升骨城裡寂靜的深夜，將那些剛剛入眠的人們給喚醒過來。

大加優居、主簿然人慌忙從官邸裡走了出來，帶著自己的部下，彙聚在城主府外，兩下相見，優居問道：「發生了什麼事？」

然人指著東城門說道：「東門傳來的哨音，有人從紇升骨城的背後襲來……」

話沒說完，立刻有人前來稟告：「啟稟兩位大人，黑龍潭燃起隆隆大火，整個谷地被烈火焚燒得如同白晝。」

「黑……黑龍潭？那不是王子殿下去的方向嗎？」然人驚呼道。

優居道：「王子殿下出城了？」

「他出城去尋找吊睛白虎了，還帶走了兩萬六千名勇士。」然人急道。

「胡鬧！這個該死的拔奇，等回到了國內城，看我不好好的在大王面前參他一本！」

優居氣歸氣，可是頭腦還很清醒，立刻吩咐道：「火速支援東門，敵人一定是繞到背後了，如果被敵人截斷了歸路，那我們就無法回到國內城了！」

然人道：「那王子殿下他……」

「顧不得那麼多了，他本來就不適合當儲君，現在一定是落入到漢人的手裡了，我們現在要做的是趕緊突圍，不然的話，西門再被漢人攻打，我們就腹背受敵了。」

優居是王室，對立嗣人選始終很有異議，一直建議伯固立次子伊夷模為儲君，因為伊夷模的性子隨和，待人寬厚，不像拔奇那樣的凶殘和不可一世。

然人的官職比優居低很多，加上優居又是王室，他也不敢違抗，只能隨聲附和。

優居、然人帶著城內所有的士兵一起來到東門，剛到東門，便見有幾個黑影在門洞裡，緊接著東門被打開，從外面湧出一些十分彪悍的人來，領頭一個人左手持著藤牌，右手持著一把鋼刀，腰中纏著弓箭，頭上帶著鋼盔，身上披著鐵甲，臉上一道極細的劍痕讓他看起來顯得極為猙獰。

優居、然人都愣了一下，看到這身裝束，他們立刻明白過來，這是樂浪郡的兵馬。

「撤！快撤！」

優居見敵人勢大，一股腦的從外面衝了進來，而且領頭的一個人他曾經在樂浪郡見過一次，正是樂浪太守**胡彧**。

衝在最前面的那個漢子正是胡彧，他帶著五千名士兵從樂浪郡出發，先跨過鴨綠江，橫掃了鴨綠江沿岸的高句麗人，俘獲了兩千戶百姓。之後繼續北上，本想進攻國內城，可是他聽聞紇升骨城正在發生戰鬥，便在軍師王文君的建議之下率部前來攻打紇升骨城，與高飛匯合。

胡彧手舞著長刀，身先士卒，凡是擋在他身前的高句麗人，全部被砍翻在地，鮮血濺得他全身都是。他的目光流轉，快速地鎖定著前方的敵人，左手的藤牌也隨之揚起，擋住了射來的弓箭。

「放箭！」胡彧帶著二百刀手衝在最前面，對身後的弓箭手大聲喊道。

胡彧身後的弓箭手都是從樂浪郡以及周圍的三韓、穢陌、東沃沮選拔出來的，箭法精準不說，人人都能連開三箭，和好戰的高句麗人比起來毫不遜色。

這些弓箭手一聽到胡彧的命令，立刻便拉開手中的弓箭，將箭矢通通射了出去，將對面的高句麗人射倒一大片。

對這些弓箭手來說，高句麗人是天生的敵人，除了樂浪郡南部的三韓之外，樂浪郡人、穢陌人、東沃沮人都曾經受到高句麗的侵犯，此番見到自己的仇人，真是分外的眼紅，怒火夾雜著報仇，他們將憤怒的箭矢射到了高句麗人的人群中。

胡彧帶著二百刀手在前開道，以猛烈的攻勢對優居、然人進行攻擊。優居、然人面對突如其來的打擊，顯得措手不及，何況在兵力上他們也不占優勢，剛一開戰，便有三百多名高句麗人倒下去了，而敵人卻湧出來的越來越多。

「大加大人，現在該怎麼辦？」然人已經亂了方寸，急忙對身邊的優居問道。

優居想都沒想，回道：「唯有一死而已，但是死也要死得其所，所有人全部不許後退，和敵人拼了。」

一聲令下，紇升骨城的大道上展開了激烈的巷戰，兩邊的弓箭你來我往，雙方士兵也在短兵交接，上演著血腥的一幕。

胡彧舉刀便砍，見身邊的王文君作戰勇猛，已經砍殺了好幾個人，笑道：「羽璐，等見到了主公，我一定要竭力引薦你，這一路上要是沒有你的話，我也不會進展的如此順利。」

王文君，字羽璐，潁川人，年紀也就十七八，身高八尺，面若敷粉，星目劍眉，長相十分俊朗。因黃巾之亂，他從潁川隨祖父避亂到樂浪郡，在祖父的悉心教導下，擅用計謀權術，亦舞得槍棒，可謂是文武雙全。

兩年前，胡彧按照高飛吩咐，在樂浪郡招兵買馬時，他便毅然加入軍隊，才能逐漸顯露出來，被胡彧迅速提拔為軍師兼校尉，兩人配合默契，從樂浪郡一路打到這裡，可謂是一帆風順。

聽到胡彧的話，王文君淡淡一笑，並不回答，只顧專心殺敵。

「嘿嘿，擒賊先擒王，左邊的那個是優居，右邊的那個是然人，我們一人一個。」胡彧道。

王文君目光裡充滿了怒火，緊盯著優居，道：「將軍，優居我來殺，你去殺然人！」

商議已定，二人便各自率領一部分人衝了上去，經過一番廝殺後，終於將優居、然人都殺死了，手裡提著人頭，相視而笑。

其餘的士兵也將高句麗人盡皆屠戮，並且在城中搜索出藏匿的高句麗人，將藏身在角落裡的薩滿也一併殺死。

高飛帶著士兵到了紇升骨城的腳下，遙望城樓上沒有一個人影，當即帶領士兵小心翼翼地準備進攻紇升骨城。

到了紇升骨城下面，高飛驚訝地發現居然沒有一個人防守。

「主公，好奇怪啊，為什麼城裡沒有一點動靜？」黃忠心中生疑，不禁道。

陳到、文聘、魏延、徐晃、卞喜亦隨聲附和，都覺得這城太過安靜了。

一陣風飄過，風中帶著絲絲的血腥味，立刻讓所有人為之一震。

「是血的味道……」陳到叫道。

正當大家疑慮之時，紇升骨城的城門突然打開了，胡彧帶著王文君從門洞裡走了出來。

高飛看見胡彧的身影，心中的疑惑瞬間解除，他沒想到胡彧的速度會這麼快，已經先他一步攻下紇升骨城了。

「屬下參見主公！」胡彧走到高飛面前，抱拳拜道。

高飛哈哈笑道：「我還以為是誰，原來是你啊，沒想到你比我先攻下了紇升骨城，真是神速啊。」

胡彧道：「主公過獎了，屬下能攻下紇升骨城，也是托主公的洪福，如果不是主公將城中的士兵誘出了城，屬下也無法攻破此城。」

「你都知道了？」高飛驚喜地道。

胡彧點點頭：「其實屬下一直在紇升骨城的另一側，藏身在密林裡，面對紇升骨城兩萬多高句麗人，實在不知道該如何攻打，只能靜觀其變。」

高飛嘆道：「我們兩軍相近咫尺，卻無法相見，紇升骨城阻斷了我們的路，確實是一個戰略要地。不過，我很意外你會在這裡出現，我還以為你去攻打國內城了呢。」

胡彧道：「丸都城也是一座堅城，而且城防要比紇升骨城還厚，兵力也多，若不是王文君的建議，屬下還真去啃丸都城了。」

「此城確實是一座堅城，只能智取，不能強攻。」高飛淡淡地道：「你剛才說的王文君是誰？」

胡彧一把將身後的王文君拉了過來，抱拳道：「啟稟主公，此人便是王文君，現任屬下帳下校尉，文武雙全，是不可多得的將才。」

「屬下王文君，參見主公！」王文君還是頭一次見到高飛，見高飛英武非常，威武非凡，不禁被高飛的那種氣勢所折服。

高飛聽胡彧力薦王文君，說王文君文武雙全，心中便暗暗地想道：「三國類的遊戲裡倒是沒有聽說過這號人物，不過文武雙全的人，武力值和智力值一般都很均等，在八十五左右就算高的了，就是不知道這王文君是怎樣的人？」

「主公，這位是……」黃忠見高飛和胡彧侃侃而談，而且胡彧又帶兵攻下了此城，不由得來了興趣，問道。

高飛急忙介紹道：「哈哈，你們同為燕雲十八驃騎，其中有許多人卻不相識，這位就是鼎鼎大名的樂浪郡太守胡彧，乃名將鍾離昧之後。胡彧，這幾位你沒有見過，分別是黃忠、徐晃、魏延、陳到、文聘，你們好好的親近一下。」

胡彧、黃忠、徐晃、魏延、陳到、文聘六人都相互寒暄幾句，大家互報姓名，顯得一派祥和。

高飛則走到了王文君的面前，見王文君長相很俊朗，便問道：「你叫王文君？」

王文君道：「是的主公，屬下王文君，潁川人士，因黃巾之亂，避亂到了樂浪郡，後來胡太守招兵買馬、招賢納士之時，屬下才投靠主公麾下。」

「嗯……潁川多俊才，不知道你認識多少人？」高飛問道。

王文君道：「大凡名士，屬下都曾經略有所識。潁川荀彧、荀攸、郭嘉、鍾繇等皆是屬下舊識。」

聽完王文君的話之後，高飛便道：「哦，這些人你都認識？那倒是很好，除了荀彧之外，其餘三個人現在都在我的帳下，這下你們倒是可以聚集在一起了。」

王文君道：「屬下已經聽說了，確實是可喜可賀。」

高飛見王文君性行淑均，倒也有幾分歡喜，加上胡彧鼎力推薦，自然也就接納了。

進入紇升骨城後，大軍暫時在城中休息，等待援兵抵達。高飛單獨會見了王文君，和王文君聊了聊，見王文君對事情的看法有很獨特之處，便有納入智囊的意思，隨後又暢談一番，才知道王文君乃是東漢開國功臣雲台二十八將之一的王霸之後，他對這個將門之後，也有了新的認識。

也不知道聊到了什麼時候，夏侯蘭、白宇兩個人回來了，高飛忙問道：「黑龍潭是誰放的火？」

白宇道：「啟稟主公，是屬下放的火。」

高飛感到很奇怪，白宇既然能夠控制毒蛇，為什麼要放火燒毀黑龍潭，便問：「你為什麼要放火燒黑龍潭？」

白宇答道：「黑龍潭罪孽之地，裡面不知道殘害了多少漢人，我雖然能夠用秘術操控毒蛇，但我離開之後，黑龍潭裡的毒蛇沒有人操控的話，就會隨意走動，黑龍潭裡毒蛇眾多，更有上千條巨蟒，如果不趁此機會剷除這群毒蛇的話，以後肯定會危及周圍的百姓。」

高飛見白宇行為坦率，嘉許道：「很好，你們坐下吧，我軍到此，傷亡很小，又得兩員大將，確實是不小的收穫。但是高句麗的國內城就在眼前，我們不能有絲毫的怠慢，暫時在此地休整一番，等待許攸、孫輕、司馬朗、歐陽茵櫻以及褚燕、於毒和扶餘王的聯軍到此，再一起進攻丸都城。」

「諾！」

高飛又道：「這次白宇立下了不小的功勞，我現在就任命白宇為校尉，留在我身邊聽用，其餘諸將都奮力殺賊不少，等平定了高句麗，緩和東夷之後，回到薊城時，再另行封賞。」

「多謝主公！」眾人齊聲喊道。

這次的功勞，白宇確實立功不少，雖然是在高飛的授意下智擺毒蛇陣，但是操控毒蛇的是他，一個人便解決了兩萬六千人，這份功勞實在是太大了，若不是燕雲十八驃騎已經封賞完畢，短時間內不會再增加將軍職位，高飛倒是想將白宇、王文君一起提拔為將軍。

白宇將拔奇的黃金大弓獻給了高飛，高飛對弓箭沒什麼興趣，便賞賜給黃忠，黃忠拿著那黃金鑲邊，寶石內嵌的大弓，當真是歡天喜地，對高飛謝了又謝。

休息了兩天時間，許攸、歐陽茵櫻一行人才趕了過來，徒步行走對他們來說，累得不輕。

下午，褚燕、於毒和扶餘王派遣的部下也一起到來，立刻便雲集了四萬大軍，其中扶餘軍兩萬，高飛軍兩萬。

扶餘在遼東之北，南與高句麗，東與挹婁，西與鮮卑接壤，北有弱水，廣袤二千里。有八萬戶人，其民土著，有宮室、倉庫、牢獄。多山陵、廣澤，於東夷之域最平敞，所居住的地方就是現在的吉林省北部到黑龍江省南部一帶。

扶餘國之主稱為王，王之下設立七大官職，所有官職皆以六畜的名字為官，有馬加、牛加、豬加、狗加、大使、大使者、使者七種常設官職。其中馬加相當於丞相，治理扶餘國的政務；牛加相當於大將軍，統領扶餘國的軍務；而豬加則相當於地方太守，管理國內日常的正常政務；狗加則相當於長史，帶領地方的駐軍，並且掌管牢獄。

另外，扶餘國特別重視外交，專門設立大使來主管外交，並且將馬加、牛加、大使的官職並列，出使外國常由大使率領諸位大使者一同出行，而使者是國內傳遞信令用的。

這次扶餘王尉仇台應高飛之邀，一起進攻高句麗，便派出牛加統帥兩萬大軍和褚燕、於毒一起東進。

扶餘的牛加是尉仇台的弟弟呼仇台，呼仇台一路上和褚燕、於毒一起進兵，並未遇到什麼阻礙，因為高句麗的兵力大多在西線，集結在紇升骨城一帶，高句麗王錯估了扶餘不敢進攻高句麗。

四月十一，紇升骨城內一派祥和，高飛在褚燕的引薦下，結識了扶餘國的牛加呼仇台，並且舉行了一次盛宴，款待扶餘國的牛加呼仇台。

扶餘國以牲畜為官，並且以馬、牛、豬、狗四種牲畜為神明，不殺這四種牲畜，更不能見別人吃這四種牲畜的肉。除此之外，扶餘國的各級官吏都以這四種牲畜的形象做成頭盔、官帽。所以，呼仇台所戴的頭盔上面，有一對鐵打的牛犄角，而他的下屬所戴的，則是繡著狗頭的帽子，看上去很是滑稽。

高飛從褚燕的口中瞭解到這些事情之後，便吩咐後廚，不准做豬肉、狗肉、牛肉、馬肉之類的菜肴，讓他們從黑龍潭裡弄了一些毒蛇，去除毒液和蛇膽後，將蛇做成蛇羹。

這種美味一出鍋，立刻引來扶餘人的誇讚，他們從未吃過這麼好吃的東西，爭相高呼著不太純熟的漢話「再來一碗」，弄得在座的高飛等漢人都是一陣哄笑。

扶餘人很喜歡結交朋友，對人也很誠實，聽說高飛是紫微帝星轉世，呼仇台便帶領所有的狗加一起跪倒在高飛的面前，用他們的語言給高飛祈福。

高飛對扶餘人亦很客氣，雖然扶餘人和高句麗人在語言上和行為習慣上基本相同，但是扶餘人愛好和平，從不隨意攻擊別國。

在宴會上，高飛也瞭解到了扶餘人對畜牧業的重視，同時也得知扶餘人對馴服野獸有一手。扶餘人也打獵，但是，他們更注重農業生產，也種植五穀，算是一個以農耕、畜牧為主，狩獵為輔的國家。

酒喝到其樂融融的時候，高飛說道：「如果有時間的話，我很願意邀請牛加大人和扶餘王一同到薊城走一遭，讓你們看看我們漢人是如何從事農業生產的。牛加大人，既然貴國如此重視農耕和畜牧的話，為什麼不開墾荒地進行種植、組建牧場進行飼養呢？」

呼仇台道：「將軍有所不知，我們扶餘人口雖多，可多是些女人，青壯的漢子少，無法從事過多的勞動生產，也就無法進行大規模的種植和組建牧場了。」

高飛想了想，問道：「牛加大人，我幽州人口接近兩百萬，可是耕地面積並不理想，貴國的黑土地上如果加以開墾的話，定然能夠成為一個魚米之鄉，我想遷徙一部分人到貴國進行屯田和飼養，不知道牛加大人覺得如何？」

呼仇台道：「這件事我做不了主，這得問我們的大王和馬加大人，我只管軍務，別的管不了。」

高飛笑道：「呵呵，那此事結束之後，請牛加大人回去轉告貴國的國王，我也會派遣使節出使貴國，希望能夠友好相處下去。」

呼仇台道：「將軍的意思，我一定會轉告給大王，並且極力在大王面前替將軍美言，我們扶餘人也很希望和大漢永久的盟好下去。」

高飛哈哈笑道：「好說好說，只要我在世一天，我們就永遠不會發生戰爭，只有盟好，牛加大人，乾杯。」

「乾杯。」

黎明，太陽剛從山巔後面露出來，那最初幾道光芒的溫暖跟即將消逝的黑夜的清涼交流在一起，使人感到一種甜美的倦意。

渾江的江面上浮漾著一江的朝霧，澄藍的天上疏疏落落，有幾處只淡灑著數方極薄的晴雲。一縷寒風把江心的霧網吹開，白茫茫的水面上，露出許多各式各樣的漁船來。

四萬名高飛軍和扶餘國的戰士忙不迭地的登上了船，沿著渾江而下，開向高句麗人的國內城。

國內城位於吉林省集安市，地處鴨綠江中游右岸的通溝平原上，是高句麗的第二個都城，也是高句麗政治、文化、經濟和軍事的中心，對於高句麗人來說，意義非凡。

高飛站在船首，看著兩岸青峰聳立，風光旖旎，江水蜿蜒曲折，心中不勝歡喜。

在他的身後，分別站立著黃忠、歐陽茵櫻、胡彧、許攸四個人，大家一起看著不大的漁船沿著江水漂動，心裡都很激動。

「如果路上不遇到什麼阻擊的話，明天這個時候，就應該可以到達國內城了。」歐陽茵櫻對高飛輕聲說道。

高飛看到身後成百上千的船隻漂浮在江面上，不禁對扶餘人起了一絲敬意，居然能在這麼短的時間內就弄來這麼多條船。

他幻想著，如果這些船都是遠洋巨輪的話，他便可以去開發澳洲、美洲、非洲等地，像英國一樣，弄成日不落帝國來了。

迎面吹來絲絲的涼風，撫亂了高飛的短髮，他的腦中一直在想著一件大事，滅了高句麗之後，該如何治理偌大的東北。想著想著，眉頭便不由自主的皺了起來。

「主公，你在想什麼？」歐陽茵櫻心很細，看到高飛愁容滿面，問道：「是不是在想如何攻取國內城？」

高飛搖搖頭，嘆了口氣，道：「國內城彈丸之地，高句麗人雖然作戰勇猛，可是從這兩次的交戰情況來看，對付他們只要略施小計，便足可攻取下國內城。我是在想，滅了高句麗之後，該如何治理高句麗和周圍許多將要臣服於我軍的東夷。」

許攸聽到後，拱手道：「啟稟主公，屬下以為，東夷所居住的乃蠻荒之地，毒蛇猛獸多不勝數，不適合人居住，不如將所降百姓全部遷徙到幽州境內，以充實幽州戶口。」

高飛並不同意許攸的意見，許攸不知道在這所謂的蠻荒之地的地底下，埋藏著多少無形的寶藏。他只笑了笑，沒有說話。

胡彧見狀，補充道：「東夷各國的總人口超過一百五十多萬，如果要遷徙的話，會很麻煩，而且東夷各國祖祖輩輩的居住在這塊土地上已經很久了，強行遷徙的話，只怕會適得其反，屬下以為，只需留下合適的人選坐鎮東夷即可，不必那麼勞師動眾。」

歐陽茵櫻插話道：「東夷之地廣袤數千里，雖然有很多崇山峻嶺，可也有許多富饒的地方，比如國內城就是一個很好的例子。如果兄長真的滅了高句麗，想要留下人治理東夷廣袤的土地的話，應該在此地設立郡縣，派遣熟悉東夷各國風俗習慣的人擔任各郡的太守，並且以當地的東夷人為輔，**以夷制夷**，慢慢的讓東夷人接受我們大漢的文化和習俗。」

高飛聽後，覺得歐陽茵櫻說得非常好，以夷制夷的方案，很合乎他的想法，或者一國兩制也行。

他微微地點了點頭，道：「你們的意思我都知道了，你們下去吧，讓我一個好好想想該用誰的建議。」

「諾！」

# 第三章

# 知遇之恩

卞喜非常瞭解夏侯蘭的心情，但是他和夏侯蘭不同，他看得出來，高飛對他非常器重，不僅讓他單獨訓練出一支斥候隊伍，還把他入列為燕雲十八驃騎，就衝這一點，他的內心就對高飛充滿了無比的感激，這叫知遇之恩。

大軍一路上沒有受到阻礙，也沒有受到阻擊，沿途的碼頭都空無一人，高句麗人就像消失了一樣。

第二天天色微明時，船隊終於抵達岸邊，數千條大大小小的漁船一一靠岸，聯軍的士兵們紛紛將船上裝載的糧草、兵器等輜重卸下船來。

高飛派出斥候到周圍進行打探，並且選了一處開闊之地作為安營紮寨的地方，做為聯軍的總指揮，他的命令一下達之後，四萬聯軍便立刻動手。正午時分，幾座大營已經紮好，四萬聯軍全部進駐大營休息。

高飛軍的中軍主帳裡，剛剛打探到消息的卞喜回來，一進大帳便歡喜地道：「恭喜主公，賀喜主公，高句麗王因為害怕主公而龜縮在都城裡。」

高飛喜憂參半，**喜的是高句麗王終於認識到他的實力了，憂的是高句麗人一旦龜縮在都城裡，打起來就有一定的難度了。**

「還有什麼消息？」

卞喜道：「涓奴部、絕奴部、順奴部、灌奴部的古雛加（編按：即部落首領）已經開始反對身為王室的桂婁部了，前日高句麗的王城裡還發生了一次暴亂，最後被伯固給鎮壓下去，死了不少人呢。」

「這個消息可靠嗎？」

卞喜道：「絕對可靠，是屬下親自去國內城裡打聽的，現在城中的百姓都人心惶惶，身為國王的伯固居然將涓奴等四個部族的古雛加給關了起來，這事情已經在王城中鬧得沸沸揚揚了。」

歐陽茵櫻到過一次高句麗，對高句麗的背景瞭解的十分清楚，便侃侃說道：「涓奴部、絕奴部、順奴部、灌奴部和桂婁部本是同宗，第一代高句麗王是涓奴部的，傳至三代之後，涓奴部的勢力稍弱，桂婁部的勢力逐漸強大起來，於是桂婁部的古雛加便奪取了國王的位置，一躍而成為整個高句麗裡最為華貴的部族。高句麗沒有牢獄，要是有人犯了法，諸位五個部族的古雛加便在一起商議，認定有罪的，便直接殺了。如今伯固不惜和同宗的部族翻臉，看來高句麗就要發生內亂了。」

高飛道：「小櫻，你是說國內城裡要發生內亂了？」

歐陽茵櫻道：「我是按照卞將軍得到的消息推測出來的，如果伯固真的把其他四個部族的古雛加給關了起來，那其他四個部族的人一定不會坐視不理。桂婁部在高句麗人一直都很強勢，經常欺壓其他四部，正所謂物極必反，如果其他四部都聯合起來的話，一定能夠廢除桂婁部的國王。」

高飛尋思了一下，看向許攸，問道：「你怎麼看？」

許攸道：「啟稟主公，屬下以為，此事有點蹊蹺……」

「但說無妨。」

許攸這才敢放開膽子，朗聲說道：「我軍一路攻來，所聽到的都是高句麗人如何團結，縱觀高句麗的以往，除了歐陽姑娘說的桂婁部替代了涓奴部的事情外，似乎還沒聽說過高句麗發生過內亂。我軍剛到這裡，立足未穩，卞將軍雖然說能夠飛簷走壁，翻越城牆進入王城裡，可也難免不會受到矇騙，**屬下認為這是高句麗人暗中使計，只是為了迷惑我軍，又或是另有什麼陰謀。**」

「你這話是什麼意思？我走南闖北，見多識廣，難道我連真假都分不清楚嗎？」卞喜聽完許攸的話，立刻叫了起來。

許攸急忙道：「卞將軍，馬匹也有失蹄的時候，常在河邊走哪能不濕鞋，也許高句麗人就是利用了卞將軍的優點布置下的圈套呢。別忘了，**我們在明，敵人在暗，這一路上走過來，我軍從未遇到過什麼阻擋，難道就不覺得奇怪嗎？**」

卞喜氣得火冒三丈，正要抗議，卻聽高飛道：「好了，都坐下，別動怒，這件事還需從長計議。如今國內城裡的情況，我們一點都不知道，如果真的有動亂的話，耐心等上幾天，就會有結果的。我軍初到生地，對周圍的環境還不熟悉，暫且休息三天，靜觀其變。」

「諾！」

高飛擺擺手，示意卞喜、許攸都下去，只將歐陽茵櫻留了下來。

歐陽茵櫻腦瓜子十分靈光，見大帳裡只剩下她和高飛兩個人，便問道：「主公是不是有什麼話要說？」

高飛道：「沒人的時候就叫我哥哥吧，我確實有事要問你。伯固的小兒子伊夷模，為人怎麼樣？」

「伊夷模和他的父親和兄長有所不同，此人曾經跟我父親學習過一段時間，深受我們大漢文化的薰陶，可以說性格脾氣都十分的溫和，而且他因為不喜歡父兄對別國進行吞占，所以也不過問高句麗的國事。」歐陽茵櫻意識到什麼，道：「哥哥，你怎麼突然問起他來了？」

高飛道：「許攸說的話也不無道理，**如果真是高句麗人在暗中設計的話，那唯一能夠用計謀來對付敵人的，就只有接受過漢文化薰陶的伊夷模了**。所以我想多瞭解一下這個人，知己知彼，才能百戰不殆。」

歐陽茵櫻看高飛一臉認真的樣子，格格地笑了起來，取笑道：「哥哥認真的樣子挺迷人的，怪不得蟬姐姐那麼喜歡哥哥。」

「哦，是嗎，呵呵。」高飛笑了起來，「小櫻，你有喜歡的人沒？」

歐陽茵櫻的臉突然變得有點愁容，垂下了頭，沒有說話。

高飛見歐陽茵櫻黯然神傷的樣子，輕輕地拍了拍她的頭，安慰道：「自古多情空遺恨，此恨綿綿無絕期。看你的樣子，應該是為情所困，你是不是喜歡上我部下的哪個將軍了？讓我猜猜……將軍中以趙雲最帥氣，你是不是喜歡上子龍了？」

「哥哥胡說什麼呢，我才沒有喜歡趙雲呢，我只是……只是想起了一個人而已……」

「想起一個人就能如此傷神，那麼那個人就一定是你喜歡的人，快告訴我，你喜歡誰，哥哥幫你。」

「一個天南，一個地北，哥哥又怎麼能幫得了呢。」

「天南地北？」

高飛很少過問過歐陽茵櫻的私事，大多數時間裡，都是貂蟬和她為伴，不禁問道：「你的那個他在南方？」

歐陽茵櫻點了點頭：「廬江舒城人，和我是同鄉，小時候就認識的……」

「呵呵，還是青梅竹馬啊。那你告訴我，他叫什麼名字，等我回到薊城之後，就派人到廬江把他給接到薊城來，讓你們兩個再續前緣，你覺得怎麼樣？」

歐陽茵櫻臉上浮現出驚喜之色，抬起頭道：「真的嗎？」

「我似乎沒有騙過你吧？」

歐陽茵櫻道：「他叫周瑜，字……」

「字公瑾，對不對？」高飛聽到歐陽茵櫻說出來的名字，也有幾分意外，搶話道。

「哥哥怎麼知道？」歐陽茵櫻吃驚道，她從未和任何人提起過這個名字，一直將他默默地放在心裡，突然聽到高飛準確的說出周瑜的字，很是意外，「哥哥也認識周瑜嗎？」

高飛笑道：「不認識，不過我聽說過。既然你的意中人是周瑜，那就好辦了，正好我也想將這個大才給網羅過來，到時候你們兩個成婚了，以後小喬就歸我了。」

「小喬？小喬是誰？」歐陽茵櫻不解地道。

高飛哈哈笑道：「沒誰，一個江南的美女，只怕現在還是個半大的孩子呢。」

歐陽茵櫻一聽說是個美女，便拉長了臉，略帶怒意地道：「哥哥已經有了貂蟬姐姐，又和蔡琰、公輸菲有了婚約，難道這還不夠嗎，還想要再娶幾個啊？」

高飛道：「我只是隨口一說而已……」

「哼！你們男人都一個樣子，吃著碗裡的，看著鍋裡的，都是好色之徒。我不理你了，我走了，等回到薊城之後，看我不將此事告訴給貂蟬姐姐！」

歐陽茵櫻一氣之下，小女孩的任性便使了出來，拂袖而去。

高飛也不理會，畢竟他確實是隨口一說，因為人生充滿了變數，你根本無法預料到以後的人生會是怎麼樣的。

他看著歐陽茵櫻離去，面前卻浮現出周瑜偉岸的形象來，自言自語地道：「周瑜，你知道我在等你嗎？」

「卞兄，你這麼急著找我，有什麼事嗎？」急急衝進卞喜營帳裡的夏侯蘭，張嘴問道。

卞喜脫去了軍裝和戰甲，穿著一身黑色的勁裝，坐在臨時的臥榻上，擦拭著身邊擺放整齊的飛刀，一把把鋒利的飛刀在忽明忽暗的燈光下顯得格外耀眼。

他見夏侯蘭來了，將擦拭完畢的飛刀插進腰中的刀囊裡，一邊道：「夏侯老弟，我們兩個算是老朋友了，從主公當初攻打下曲陽時，我就投靠了主公，毅然決定不再做賊寇了。如今算來，也有三年了吧？」

夏侯蘭點點頭，走到卞喜的旁邊，一屁股坐在臥榻上，壓得臥榻格格直響。他看到卞喜的穿著打扮，心裡便明白了，問道：「你準備再去一次國內城嗎？」

卞喜道：「還是老兄弟懂我啊，主公這次帶來的人，都是去討伐董卓時新收的人才，只有你和我是主公最忠實的舊部，這個時候我能信賴的，也只有你而已。」

夏侯蘭道：「卞兄，有什麼事儘管說吧，小弟我自當竭力相助。」

卞喜道：「今天在主公的大帳中，許攸說我探聽到的消息可能有誤，我想今晚再進入國內城一次，徹底的打聽一下裡面的動靜。不過，我需要有一個幫手，而且此事也不能聲張，想來想去，軍中除了你之外，就別無其他人選了，所以，我想……」

夏侯蘭不等卞喜說完，便打斷卞喜：「卞兄，你不用說了，該怎麼做，就請卞兄直接吩咐我，我願意協助卞兄。」

卞喜立刻站了起來，對夏侯蘭畢恭畢敬地拜道：「夏侯老弟，請受為兄一拜！」

夏侯蘭急忙攙扶他道：「卞兄，你這是幹什麼？我的年齡沒有你大，江湖經驗也沒有你豐富，就連武藝也是平平，若非主公看在我和趙雲是同鄉的份上，只怕我連個都尉都當不上。我自從跟隨主公以來，一直沒有立過什麼大功，這次攻打國內城，主公不帶趙雲、張郃、太史慈、龐德等人到此，獨獨選了我，這是主公在給我立功的機會，我絕對不能白白浪費掉這次機會。」

卞喜非常瞭解夏侯蘭的心情，但是他和夏侯蘭不同，他有一身飛簷走壁的本領，加上不錯的飛刀絕技，常常去敵區執行一些別的斥候難以完成的任務，探聽到十分有用的消息。

他也看得出來，高飛對他非常器重，不僅讓他單獨訓練出一支斥候隊伍，還把他入列為燕雲十八驃騎，就衝這一點，他的內心就對高飛充滿了無比的感激，這叫知遇之恩。

「夏侯老弟，我要去的地方，可能會有極大的危險。今日聽許攸那麼一說，我確實也覺得有點蹊蹺，因為我進入國內城，實在是太容易了。我仔細回想了一下今日在城中的所見所聞，彷彿一切都像是在演戲一樣。為了能夠獲得高句麗人的第一手消息，我必須在今夜再去國內城走一遭。」

「好，我跟你一起去，多一個人多一個幫手，進入國內城後，我會按照你的吩咐行事，不會暴露行蹤的。」

卞喜道：「不，我一個人去，我只讓你幫我進入國內城，你等在城外即可。剛剛我又去城外觀察了一下，城牆上的防守力量明顯增加了，你的箭法不錯，可以幫我引開一部分防守兵力，我就能趁機進入城中刺探消息。」

夏侯蘭道：「卞兄，你一個人進去太危險了吧，還是我和你一起去吧，或者我們多帶一些親隨……」

「人多了反而壞事，我一向獨來獨往慣了，也沒有培養過什麼親隨，那些斥候也都被我訓練成了和我一個樣子。再說，萬一遇到什麼危險，我自己也容易脫困，你在外面等著就可以了。」

夏侯蘭不再勸說，便道：「那好吧，那我現在回去準備一下，一會兒咱們在營寨外面的樹林裡見。」

卞喜點點頭，眼裡充滿了感激，見夏侯蘭走了出去，自己又準備了四個刀囊，分別將四個刀囊綁在雙臂和雙腿上，每個刀囊裡各有九把鋒利的飛刀，加上腰間纏著的那個刀囊，他的身上一共帶了四十五把飛刀。

出了營帳，很快，夏侯蘭也出了大營，兩人一道沿著密林向前走，剛走一里路，便聽到背後傳來了一聲巨吼。

「站住！」

卞喜、夏侯蘭被這一聲大喝給叫住了，緊接著從密林的四面八方湧現出二三十個身披鎧甲的士兵。

卞喜、夏侯蘭回過頭，看到陳到頭戴鋼盔，身披重鎧，一臉陰鬱的站在他們的面前，周圍的士兵則是舉起了手中的鋼刀，將他們團團圍住。

卞喜不禁有點吃驚，暗想自己闖蕩江湖這麼久，還從未踩進過別人撒下的大網，這是頭一次。

映著月光，陳到看清了卞喜、夏侯蘭的面容，臉色隨即變得和顏悅色起來，朝卞喜拱拱手道：「原來是卞將軍、夏侯將軍啊，實在對不住，我還以為是敵人的斥候呢。兩位將軍如此打扮，不知道意欲何為？」

陳到擺擺手，撤去了自己的部下，三十名手持鋼刀的士兵便各自退入黑暗的密林裡，一晃眼間便隱藏了起來，再也看不到任何蹤跡。

卞喜見狀，不禁對陳到肅然起敬，竟然將士兵藏匿的無處可尋，這份本領，倒是一種非凡的能力。他一臉笑意地道：「沒想到陳將軍的藏匿之術如此了得，倒是讓我對你刮目相看了。」

「卞將軍過獎了，主公頒下命令，任何人不得私自出營，兩位將軍這一身勁裝打扮，不知道要去哪裡？」陳到也客氣地回道。

夏侯蘭動了動嘴脣，剛想發話，衣角卻被卞喜給拉了一下，他立即會意，便道：「閒來無事，出來溜達溜達，怕遇到猛獸，所以才這身打扮。」

陳到目光如炬，見卞喜一身黑色的夜行衣，四肢和腰間都綁著一個刀囊，裡面各插著九把飛刀，又見夏侯蘭也是一身黑色的夜行衣，背上背著一張大弓，腰的右邊懸著一壺箭，腰的左邊懸著一口鋼刀，他便有所察覺，隨即道：「兩位將軍莫非是要在夜間打獵？」

卞喜道：「對，是去打獵。」

「呵呵，這獵物恐怕不在這附近的山林裡吧？」陳到意有所指地道。

卞喜道：「不在這附近，那還能在哪裡？」

「依我看，**兩位將軍是要去國內城裡狩獵吧？**」

卞喜、夏侯蘭心中都是一驚，互相對視了一眼。

「白天的事我都聽說了，許攸先生否決了卞將軍刺探來的消息，現在卞將軍又一身勁裝打扮，應該是去國內城再行刺探虛實吧？」陳到將雙臂抱在胸前道。

卞喜見陳到一語中的，對陳到更多了幾分看重，見陳到背著雙刀，身材魁梧，一身盔甲也彰顯著武勇，便說道：「既然你都看出來了，我也就不隱瞞了，我和夏侯將軍正是要去國內城再行刺探實情。」

陳到見卞喜承認了，放下雙臂問道：「主公知道嗎？」

卞喜搖搖頭，朝陳到拱手道：「陳將軍，這次是我的疏忽，耽誤了軍機，我的錯誤，我自己來糾正。主公雖然已經下令封鎖了全軍，可是對於我來說，可以自由出入。夏侯將軍是我請來幫我進城的，他不會入城，而且很快就會回來，所以請陳將軍高抬貴手，放夏侯將軍過去，片刻就回。」

陳到看了眼卞喜和夏侯蘭，想了想，說道：「這樣吧，我和你們一起去，多一個人也多一個幫手。」

這讓卞喜吃了一驚，他和陳到沒什麼交情，一時間竟愣在那裡，不知道該拒絕還是答應。

陳到看出卞喜的擔心，道：「卞將軍請放心，我自認為武藝不錯，以前獨來獨往慣了，而且攀爬城牆對我來說是輕而易舉的事，多一個人多一個幫手，萬一有什麼危險，大家也可以互相照顧。」

夏侯蘭附和道：「卞兄，陳將軍說的有道理，你一個人進城，我不太放心，聽說陳將軍武藝超群，刀法精湛，你們兩個一起進城的話，互相之間還能有個照應。」

卞喜點點頭：「好吧，陳將軍，進去之後，你要聽從我的安排，國內城裡的形勢我比較熟悉。」

「可以！」

三人商議完畢，陳到喚來幾名親隨，讓他們繼續嚴加防範，他自己則脫去盔甲，一身輕裝，帶著雙刀，便跟著卞喜、夏侯蘭上路了。

國內城距離他們所在的地方只有不到十里而已，三人都是訓練有素的人，走起路來也很快。越過一片亂草叢生的山林後，便進入平原地帶，趁著夜色，三人以最快的速度奔向了離他們越來越近的國內城。

高句麗人沒有設下斥候的習慣，他們喜歡直來直去，說打就打，說撤就撤，所以一路上三人都沒有遇到阻礙，很快便來到國內城外。

巍峨的長白山下，波瀾的鴨綠江的江岸上，一座雄偉壯觀的城池展現了出來。

國內城外一棵參天大樹上，卞喜、陳到、夏侯蘭高坐在樹幹上，雙目緊盯著前方的城池，觀察著城中的一舉一動。

陳到臉上帶著興奮，他之所以跟來，也是為了想立下功勳。他一來到幽州就官封將軍，這件事在高飛舊部的眼裡是十分罕見的，更何況他還很年輕，沒有立過什麼功勳，覺得受之有愧。為了能對得起自己的將軍稱號，也為了能在高飛舊部面前一展自己的雄風，他就跟來了。

擺在陳到眼前的是一座雄偉的城池，這種城池和他在中原平時所見到的城池大不相同。中原的城池大多是長方形有稜有角的，可是他面前的這座城池卻是圓形的，城池呈現出橢圓狀，環繞著大半圈之後沒入了黑暗。

「這城……怎麼進得去？」

陳到看到環形的城牆上到處站滿了高句麗的士兵，處處燈火通明，心中起了一絲疑問。

夏侯蘭心裡也是同樣充滿了疑問，環形的城牆幾乎沒有死角，只要城牆上面站滿了人，一旦一個地方發生了異常，就會引來周圍的人，很難找到可以攀爬的地方。

卞喜彷彿猜到他們心中所想，道：「高句麗人的城池和中原的不同，這座城是橢圓的，很難找到攀爬的死角，而且這座城和後面的丸都山上的城是連在一體的，國內城地處平原，背靠丸都山，整個城池從這堵城牆算起，一直延伸到後面的丸都山。高句麗人在丸都山上還有一座城，和平地上的國內城相輔相成，兩者互為一體，城中可容納五六萬人，算是東夷最大的一座城了。如果沒有攻城器械的話，只怕很難展開攻擊。」

陳到、夏侯蘭不約而同地問道：「那該怎麼進入城裡？」

「高句麗人的都城以平原的國內城為主，丸都山城為輔，也正因為如此，看似環形的城牆帶上沒有任何死角，卻也成為這城池的最大缺點。丸都山城環山為屏，山腹為宮，谷口為門，但是在修建城牆時，卻有幾段險要之處無法和國內城緊密地連接在一起，這就成了都城的死角，從那裡便可以攀爬進去。只是，那裡地處險要之處，懸崖峭壁不容易攀爬，所以除了我之外，也沒人能夠從那裡進去。」卞喜解釋道。

陳到臉上一怔：「你是說，我也無法從那裡爬進去？」

卞喜點了點頭：「不過我們今天不走那條路，那裡費時費力，沒有走城牆來得方便。」

陳到看了看面前毫無任何死角的環形城牆，便問道：「這裡的士兵巡邏的非常嚴密，若想從正面登上城牆，恐怕有點難度。」

卞喜嘿嘿一笑：「對我來說，輕而易舉，咱們在這裡已經觀察有差不多半個時辰了。你們注意到沒有，城牆上的士兵每隔一刻鐘的時間便會進行一次交接，交接的時候，中間會有那麼一小會的空檔，我們就利用這段時間進去。」

面對高牆和緊迫的時間，陳到的臉上有點抽搐，在他看來，要用一盞茶的時間爬上大約兩丈高的城牆，而且沒有任何稜角供他踩，簡直是太難了。可是他看到卞喜胸有成竹的樣子，似乎很容易做到，便問道：「你要如何登城？」

卞喜道：「很簡單，直接沿著牆面爬上去。你放心，我上去之後，還會有一點時間來將你帶上去。」

陳到的武藝那是沒得說，可是飛簷走壁卻不擅長，若是在中原那種城池，中間的牆面上有稜有角，只需要找一個稜角比較小的，用雙手、雙腳撐起身子就可以上去了。可是對環形的牆面，他卻沒有一絲把握。

三人又等了一會兒，見城牆上果然出現了一個空檔的時間。卞喜急忙道：「夏侯老弟，你留在此地，一個時辰後我們就會回來，陳將軍，跟我走！」

話音一落，卞喜便縱身跳了下去，借力在幾個樹幹上彈跳了幾下，便落在了地上。

陳到也不甘示弱，也如法炮製，在地上打了個滾後，跟在卞喜的身後，朝前面的城牆上跑了過去。

卞喜爭分奪秒地跑到牆邊，此時月亮被烏雲遮擋住了，他的身體又輕，沒有弄出什麼聲響，而且周圍的人都在進行交接，對他來說，這城牆就像無人之地。

他借著助跑的力度踩上牆壁，登上一半城牆之後，抽出兩把飛刀，用力插進牆面，飛刀的刀刃沒入牆壁，他利用臂力，將自己的身體向上帶，依此方法一點一點的爬了上去，整個人就像一隻蜘蛛一樣。

陳到看到卞喜的做法，眼前一亮，立刻抽出背後的雙刀，在接近牆面的時候用力擲了出去，兩把刀一高一低的插進牆面，只露出一個長長的刀柄。

他踩上牆壁，爬到一半快要下墜的時候，伸出長臂抓住剛才插進牆壁的刀柄。只見他借用臂力將自己的身體做出一個迴旋狀，整個人便向上飛了起來，他順勢拔出那把刀，收入刀鞘，然後騰空而起的身體又抓住第二把刀柄，再用同樣的方法將身子向上騰起，順勢拔出刀收入刀鞘，整個人便躍上了城牆。

卞喜先登上城牆，轉身準備去接應陳到時，看見陳到也登了上來，臉上露出一絲笑容。

陳到登上城牆，便小聲說道：「現在去哪裡？」

卞喜道：「跟我來！」

二人一前一後，迅速沿著城牆滑下了城裡，剛一落地，便直接朝黑暗中跑去，消失得無影無蹤。

城外坐在樹上的夏侯蘭看見兩人的身手，早已是目瞪口呆，若說卞喜能登上城牆，他一點都覺得不足為奇，可是看到陳到似乎用更省力的方法也登上了城牆，他就有點吃驚了，萬萬沒想到陳到還有這番本領。

正想時，便注意到高句麗的巡邏隊伍到來了，時間差抓得剛剛好，心裡不禁為卞喜、陳到捏了一把冷汗。

進城後的卞喜帶著陳到穿梭在城中的街巷裡，卞喜十分嫺熟的將陳到帶到一處大宅。

「這裡是什麼地方？」

陳到見是一處豪華的大宅，看那府宅就知道，絕非一般人所能居住的，而且宅子外面還站著一群高句麗人的勇士。

卞喜道：「這就是關押高句麗其他四部首領的地方，只要我們進去一探究竟，就能搞清楚事情的原委了。」

陳到點了點頭，道：「那我們進去吧，遲則生變。」

卞喜「嗯」了一聲，對陳到道：「跟我來！」

兩人迂迴到宅子的後門，見把守後門的人只有兩個，卞喜便射出兩把飛刀，直接貫穿那兩個士兵的喉部，讓他們無法叫喊。卞喜、陳到將兩具死屍拖入一個黑暗的牆角裡，然後從後門進入院子裡。

一進了院子，卞喜便發現這院子裡的防禦十分的薄弱，還來不及歡喜，便見四處火光突起，從房廊下、院門外湧出許多高句麗人的勇士，將他和陳到團團圍住。

「哈哈哈，我等候你們多時了。卞將軍，別來無恙啊。」一個身穿漢人服裝的漢子在眾人的簇擁下走了出來，爽朗地笑道。

卞喜和陳到抽出手中的兵刃，背靠背站著，他們知道，是中了高句麗人的圈套了。

「是你？」

卞喜見說話之人的身上穿著一件極為華貴的墨色長袍，頭上戴著一頂王冠，多年來養尊處優的生活讓他的身體變得極為肥胖，掂著個大肚皮，硬是將那華貴的長袍給撐得變了形，正是高句麗王伯固。

伯固肥嘟嘟的臉一笑起來便顯得十分難看，兩個腮幫子被擠成肉團一樣，眼睛瞇成了一條縫，根本看不見他是在睜著還是在閉著。

他哈哈大笑之後，朗聲道：「卞將軍，我知道你有一手飛刀絕技，可是面對我高句麗最為精銳的一百名弓箭手，我想你的飛刀沒有出手，就已經被射成刺蝟了。所以，請你自動放下自己手中的武器吧，我和你差不多有一年多沒見了，也該敘敘舊了吧？」

陳到的每一根神經都在緊繃著，環視一圈，見房廊下和房頂上站滿了滿弓待射的弓箭手，只要他和卞喜有任何異常舉動的話，四面八方的箭矢就會立刻朝他們射過來，就算僥倖沒有變成刺蝟，也一定會深受重傷。

他緊握手中的一長一短兩把鋼刀，站在那裡一動不動，犀利的目光掃過面前的每一處角落，企圖尋找突圍的機會。

卞喜也取出兩把飛刀，緊緊地扣在手裡，隨時尋找機會將飛刀射出去。可是，伯固只露了一下臉，立刻就有十名高大的壯漢組成了人牆，將伯固肥胖而又矮小的身軀擋在了後面，密不透風，絲毫沒有給他一絲出手的機會。

氣氛異常的緊張，空氣像是靜止一般，卞喜只覺得頭皮發麻，順著伯固的話說道：「我和你沒什麼話說，是你先違反盟約在先。如今我家主公帶領四萬大軍正駐紮在城外十五里處，你要是識相的話，就趕緊開城投降吧，省得到時生靈塗炭。」

伯固嘿嘿一笑，道：「別逞強了，如今你身陷困境，只要我一聲令下，你和你的同伴都必須得死。不過，我高句麗人一向寬宏大量，如果你們兩個能夠投降我的話，我或許會放你們一條生路。」

陳到在決定跟隨卞喜一起到國內城的一剎那，便將生死置之度外了，聽到伯固勸降，立刻喊道：「該投降的應該是你們，我軍已經兵臨城下了，我家主公還帶來了大量的攻城器械，只要一開戰，一個時辰內，你們的城池就會被攻破。如果你們投降的話，我可以勸說主公留你們一條活路。」

「哈哈哈！好大的口氣啊，卞將軍，你的同伴似乎很想讓你死嘛，可是我很想聽聽你的意見，畢竟咱們之前還算是朋友吧？」

卞喜也早將生死看得很淡了，想都沒想，立刻答道：「你把我們漢人當成什麼了，我們漢人是有氣節的，怎麼可以隨便投降你們蠻夷？」

「看不出來卞將軍也是一條漢子啊。我伯固最欣賞這樣的硬漢，可是今天例外，我的部下都已經箭在弦上了，如果不把箭矢射出去的話，他們會很難受的。兩位既然不願意投降給我高句麗，那我也沒有什麼辦法了。我身為高句麗的國王，對你們也算仁至義盡了，我會給你們留個全屍的。」

卞喜小聲對陳到說道：「陳將軍，我連累你了，一會兒我跳起來吸引他們的注意力，你就趁機從地上翻滾過去，然後殺出一條血路。高句麗人近戰的戰士很少，只有遠端的弓箭手，只要你能貼近他們的身體，他們便沒有用武之地，以你的武藝要逃出這裡應該不成問題。」

「你把我陳叔至當成什麼人了？一起來的就一起走，我不會丟下你自己一個人跑的，我可不是貪生怕死的鼠輩！」陳到低聲吼道。

「你們不用吵了，今天夜裡，你們誰也別想逃走，都要死在這裡，否則的話，伊夷模的妙計豈不是白設下了？」伯固道。

卞喜、陳到沒有吭聲，觀察著周圍，在伯固下達命令之前，他們必須想出一個兩全其美的辦法來。

伯固藏匿在十名壯漢的後面，透過縫隙觀察著陳到和卞喜，見兩人神情緊張，便張嘴道：「所有人……」

「且慢！」

一個身體瘦弱的年輕漢子突然從人群中跑了出來，張開雙臂擋在弓箭手前面，大聲喊道，「父王且慢動手！」

「伊夷模，你幹什麼？」伯固見自己的兒子伊夷模突然闖了進來，立即質問道。

跑來的那個漢子正是高句麗的小王子，叫伊夷模，也是伯固僅存唯一的兒子。伯固的長子拔奇在紇升骨城陣亡後，消息很快便傳到國內城，讓最疼愛拔奇的伯固一陣傷心，發誓要為拔奇報仇。

自小就有點懦弱的伊夷模本來並不受伯固的喜愛。可是被立為王世子的拔奇一死，伊夷模就成了高句麗王唯一的繼承人了。

伊夷模穿著一件藍色長袍，擋在弓箭手面前，阻止道：「父王，這兩個人不能殺，殺了他們，高句麗就會徹底成為高飛的死敵，國內城也會在頃刻間毀於一旦的。」

卞喜見伊夷模擋在他的面前，急忙道：「小王子，多謝你的好意，我卞喜沒有白結識你一場。你趕緊讓開吧，我怕一會兒手中的飛刀會誤傷了你。」

「卞兄說的是哪裡話，當初你出使高句麗的時候，我還向你請教過一些問題呢。分別一年多，沒有想到我們會以這種方式見面……」

伯固已經是惱羞成怒了，這計策是伊夷模獻的，本來打算引誘高飛帶著大軍來攻城，然後在城裡進行伏擊，可是高飛沒來，卻來了一個卞喜。

他憤怒地道：「伊夷模！你給我滾回來，今天這兩個人，我非殺不可！」

「今天這兩個人我是救定了，父王也絕對不能殺。不但不能殺，還應該立刻放了他們。」伊夷模瘦小的身軀擋在眾人面前，絲毫沒有退讓的意思。

「放了他們？你開什麼玩笑？」伯固命令道：「來人，將伊夷模給我拉下去，全軍準備……」

「不能殺！要殺他們的話，就先殺我！」伊夷模向卞喜靠近了幾步，身體完全地擋在卞喜的面前。

高句麗弓箭手面面相覷，加上拉滿弓保持一種姿勢的時間有點長，手臂的力道有點吃不消，緩緩地放下了手中的弓箭。

伯固從未見過伊夷模如此勇敢過，而且居然幫著敵人來威脅自己。可是他很清楚，伊夷模是他唯一的籌碼了，當初立王世子的時候，其餘四部的首領都反對立好鬥的拔奇，一直公推伊夷模當王世子，他力排眾議，才立了自己最喜愛的兒子拔奇。

如今拔奇死了，伊夷模是他唯一的兒子，將來是要繼承王位的，如果伊夷模死了，那他百年之後，桂婁部裡就不可能再選出第二個王了，因為高句麗王是世襲罔替的，必須是王的兒子，才能挑起大任。

「你……你氣死我了！」伯固氣得不輕，怒道：「你到底想怎麼樣？」

伊夷模見伯固動搖了，道：「放了他們！」

「不行，我可以不殺他們，但是他們必須留下當人質。卞喜，你快點放下手中的武器，這件事就到此為止了，如果高飛能夠攻破國內城的話，你自然會得救。如果攻破不了的話，那只有對不起你了。」

卞喜扭頭看了看身後的陳到，問道：「該怎麼辦？」

陳到道：「留得青山在，不愁沒柴燒，先答應下來再說。」

卞喜點了點頭，將手中的五個刀囊放在地上，陳到也丟下了手中握著的雙刀。

「伊夷模，這下你滿意了嗎？」伯固道。

伊夷模道：「我們國家沒有牢房，就由我看管他們兩個人吧。」說完，也不管伯固同意不同意，便一左一右的拉著卞喜和陳到的手離開了。

出了院子的後門，門外兩個身穿虎皮裘衣的壯漢早已等候在那裡，看到伊夷模出來，立刻拱手道：「參見王子殿下。」

伊夷模道：「不必客氣，人我已經救出來了，你們趁現在快帶他們走吧，再也別回來了。這是我的信物，到了城門那裡，守衛城門的人自然會放你們出城。」

卞喜、陳到大吃一驚，還來不及開口說話，便見等候在那裡的兩個人牽來馬匹，讓兩人騎上，催促道：「兩位將軍快上馬，城裡險象環生，請速速出城，遲則生變。」

伊夷模又交代道：「施傑，李玉林，好好的保護好兩位將軍！」

被喚作施傑和李玉林的兩個漢子重重地點了點頭，根本不給卞喜、陳到搞清楚狀況的時間，四個人四匹馬，飛一般的朝城門方向駛去。

「再見了，施傑，李玉林，希望你們能有個好的歸宿……」伊夷模看到四人離去的背影，心中暗暗想道。

卞喜、陳到兩人在施傑、李玉林的帶領下，迅速來到城門邊，施傑拿出腰牌，守衛城門的人便放其通過了，四個人就這樣一起出了國內城。

城外，夏侯蘭苦等著卞喜和陳到，正當他等得很著急的時候，突然見到卞喜、陳到和另外兩個人從正門策馬而出，急忙迎了過去。

兩下相見，來不及細說詳情，五個人便以最快的速度向遠處奔去。

十五里的路途不算遙遠，五個人一路趕來，沒有用多少時間，便看到了大營。確定後面沒有追兵後，五人便稍微休息了一下。

陳到的心裡充滿了疑惑，對施傑、李玉林道：「你們兩個是漢人，還是高句麗人？」

施傑身形魁梧有力，聽到陳到的問話，回道：「我們兩兄弟都是漢人，是遼東西安平人。」

陳到打量了下施傑，便問道：「既然是漢人，為什麼跑去做伊夷模的手下？你能解釋一下，剛才到底是怎麼一回事嗎？」

李玉林也是個健壯的漢子，相貌英武不凡，看上去極有威嚴，答道：「這事說來話長，總之，我們兄弟是被高句麗人擄去的，幸有小王子殿下的照顧，才沒有成為奴隸。」

施傑補充道：「剛才的事是我們兄弟一手策劃的，目的就是為了救出兩位將軍。」

「我們好像是第一次見面吧？」卞喜聞言道：「你們為什麼要救我們？」

李玉林和施傑對視一眼，如實道：「我們想投靠驃騎將軍的麾下……」

# 第四章

# 英雄莫問出處

「我朝高祖皇帝不也是一個市井無賴嗎，他經過努力，成為一代帝王，成大事者不拘小節，只要是人，都是平等的。英雄莫問出處，我不管你們出身如何，只想知道你們最擅長幹什麼。」高飛打斷施傑、李玉林的話道。

高飛獨自一人坐在中軍大帳裡，面前攤開一張高句麗國內城的城防圖，正在思慮該用什麼方法攻下這座城池。

「啟稟主公，卞將軍、陳將軍、夏侯將軍求見。」捲簾被掀開，新任的中軍校尉白宇從外面走了進來，抱拳道。

高飛隨口說道：「都這麼晚了，他們三個怎麼會一起來？讓他們都進來吧。」

大帳的捲簾再次被掀開，卞喜、夏侯蘭、陳到三人走進大帳，抱拳道：「屬下參見主公！」

高飛見卞喜、夏侯蘭一身夜行打扮，好奇地道：「你們怎麼穿成這個樣子？咦……叔至，你的鴛鴦刀呢？」

陳到、卞喜、夏侯蘭臉上現出羞愧之色，跪在地上告罪道：「屬下違抗了主公的軍令，請主公予以責罰！」

「發生了什麼事？」高飛看到三人同時跪在地上，凝重地問道。

卞喜當即將事情的來龍去脈說了，最後，三個人一起拜伏在地上，請求高飛給予懲罰。

高飛聽了，道：「行了，你們也是為了弄清敵軍的虛實才犯下的錯誤，這次貿然的行動算是有驚無險，經過這次事件之後，你們也該長記性了，你們不用去搶著爭功，我自然會給你們機會去立功，這次討伐高句麗就是為了給你們立功的機會。都起來吧，下次如果再有違抗軍令的事情，定斬不赦。」

陳到、卞喜、夏侯蘭心裡都充滿了感激，朝高飛拜謝完後，站了起來。

「你們帶回來的人現在在哪裡？」高飛合起了面前的城防圖，問道。

卞喜道：「啟稟主公，施傑、李玉林就在帳外等候。」

高飛道：「你們三個去好好的休息一下，至於你們的鴛鴦刀和飛刀，等攻占了國內城，定然能夠找回。去吧，把施傑、李玉林兩個叫進來，我有事情要問他們。」

「諾！」

陳到、卞喜、夏侯蘭退出帳外，緊接著施傑、李玉林便走了進來，見到高飛，立刻行跪拜之禮，道：「我等拜見驃騎將軍！」

「免禮，起來說話，請坐！」高飛見施傑、李玉林都是魁梧的漢子，應該是力士之類的人，說道。

施傑、李玉林坐了下來，兩人絲毫不敢抬頭看高飛，因為從一進大帳，兩人便被高飛那威武的氣息所折服。

「聽卞喜說，你們救了他們三個？」

施傑道：「啟稟將軍，救人的是高句麗的小王子伊夷模，我們兄弟只不過是略盡點綿力罷了。」

「你們是伊夷模的門客？」

李玉林答道：「我和施傑是伊夷模的朋友，都是遼東西安平人，大約八年前，高句麗人入侵遼東郡，俘虜了一大批漢人，並且帶回國內城，我們兩個就是那時候成為高句麗人的俘虜的。後來機緣巧合下，我們兄弟結識了伊夷模，便相互為友，到現在已經有七年了。」

「嗯……伊夷模我雖然沒有見過，可是從各個方面瞭解到的資訊都是在稱讚他，看來他確實是一個不錯的人。」高飛又問道：「你們是來投靠我的？」

施傑、李玉林抱拳道：「我兄弟兩仰慕將軍大名已久，今日得見，實在是三生有幸。將軍若不嫌棄，我等兄弟願意給將軍做牛做馬，從此任由將軍隨意驅策。」

有人來投靠固然是好事，而且高飛也缺少人才，但是他不太清楚這兩個人的能力，於是說道：「嗯，你們來投靠我，也是我的福氣，只是我對你們兩個人並不瞭解，也不知道你們的能力如何。這樣吧，你們兩個先自我介紹一番吧，我聽完，自然會合理的給你們官職。」

施傑、李玉林齊聲道：「我等都是出身低微的粗鄙之人，能力或許入不了將軍的法眼……」

「這話我不愛聽，我朝高祖皇帝不也是一個市井無賴嗎，他經過自己的努力，終究成為一代帝王，**成大事者不拘小節，更不能以出身論高低**，在我的眼裡，只要是人，都是平等的。英雄莫問出處，我不管你們出身如何，只想知道你們最擅長幹什麼。」高飛打斷了施傑、李玉林的話道。

施傑、李玉林兩個人聽了，再無顧忌，開始自我介紹道：

「將軍深明大義，實在是我等之福。在下施傑，箭法平平、武藝也很一般，除了水性比別人好點，能夠在大江大河中操控船隻而不被大浪掀翻外，別的什麼優點都沒有了。」

李玉林接口道：「在下李玉林，沒什麼武藝，箭法也很普通，只懂得如何馴服山林之中的野獸……」

聽完施傑、李玉林的自我介紹後，高飛算是對施傑和李玉林有了初步的瞭解，緩緩說道：「嗯，你們的能力我大致清楚了，施傑熟悉水性，駕船十分嫻熟，李玉林是個能夠馴服野獸的馴獸師……」

施傑、李玉林點點頭。

高飛尋思道：「這兩個人各自有不同的能力，如果以後組建水軍的話，施傑就可以擔當水軍將領，李玉林能夠馴服山林野獸，也必然熟悉山地，要是和褚燕、於毒、孫輕他們相互配合的話，完全可以組建成為一支擅於山戰的軍團。對了，還有白宇，他能夠驅使毒蛇，又是白起之後，智謀上應該不差，把他們五個人擰在一起，必然可以完成一些非常的任務。」

他想完，便對施傑、李玉林道：「這樣吧，你們兩個暫時在我的帳下擔任校尉，等平定了高句麗後，我必然會有重用。」

施傑、李玉林一聽說高飛給了這麼大的官職，十分的高興，當即拜道：「多謝將軍……不，多謝主公厚愛！」

高飛道：「有件事，我想問你們兩個……」

「主公儘管問，我們兄弟必定知無不言，言無不盡。」

「如果伯固被我殺死了，伊夷模會給伯固報仇嗎？」

施傑道：「主公請放心，伊夷模和伯固雖然是父子，可是彼此間的情誼很淡，更何況伊夷模的母親是被伯固活活掐死的，伊夷模從小就不受伯固喜愛，因此伊夷模打心眼裡很希望他父親早早死掉。這次伊夷模給伯固獻計，也是逼不得已而為之。如果主公要攻打國內城的話，還希望主公不要殺死伊夷模，伊夷模反而會因此投靠主公，為主公所用。」

李玉林附和道：「是啊主公，伊夷模確實是個好人，他在自己的封地上收攏了不少被高句麗人俘虜來的漢人，讓漢人生活在一起，各方面也是一視同仁。」

高飛越發覺得伊夷模是個可用的人才，又問道：「伊夷模在高句麗人的心中形象如何？」

李玉林道：「在伯固和拔奇的眼裡，伊夷模是個懦夫，可是在其他四部首領的眼裡，他是繼承高句麗王最合適的人選。高句麗這幾年連年征戰，和北沃沮、東沃沮、扶餘、挹婁、濊南等爭搶地盤，弄得許多高句麗人妻離子散。現在高句麗人都十分渴求和平，希望能夠停止永無休止的廝殺，伊夷模弘揚了大漢儒學的思想，得到高句麗人的認同，也成為高句麗人心中繼承王位的最佳人選。」

「原來如此，這個伊夷模果然不簡單，如果能夠好好利用的話，或許能夠不戰而屈人之兵，就不必再損兵折將攻打國內城了，只需要略施小計，讓伊夷模繼承王位即可。」高飛心裡想道。

高飛隨後讓人給李玉林、施傑安排了營帳，他心裡已經有了計策，臉上浮現出自信的笑容。

第二天一早，高飛將所有的將領、謀士全部叫到中軍大帳裡，包括從扶餘來的牛加呼仇台，開始謀劃實施對國內城的不戰而屈人之兵的計策。

大帳內文武齊聚，高飛坐在上首位置，環視一圈後，見人全部到齊了，便朗聲道：「昨日我已經接到了密報，高句麗人的動亂確實是個圈套，饒是如此，高句麗的內部也並不穩定，許多人屈服在高句麗王的淫威之下，敢怒不敢言，為此，我已經想好了一個萬全之策，還希望在座的各位同心協力，一舉攻克國內城！」

「諾！」眾人高聲答道。

「呼仇台大人，請你率領扶餘的兩萬勇士繞到丸都山後，封鎖住所有的出口，不管遇到什麼人，只要是高句麗人就格殺勿論！」高飛道。

扶餘國的牛加呼仇台是奉扶餘王尉仇台的命令，以兩萬大軍支援高飛討伐高句麗，並且接受高飛的調遣。此時呼仇台聽到高飛的吩咐，立刻答應下來，然後和自己的手下出了營帳，調遣扶餘人的部隊。

高飛接著下令道：「黃忠、徐晃、魏延、褚燕、陳到、胡彧、文聘、夏侯蘭……」

「末將在！」被喊到的八個人站了出來，應聲道。

「你們各自點齊本部兵馬，迅速向國內城進發，在城牆外面一里的地方挖掘深溝，築起一道土牆，國內城的城牆有多遠，你們就深溝高壘到多深，務必做到徹底將國內城包圍起來。另外，在深溝後面設下鹿角、拒馬等障礙物，沒有我的命令，任何人不得進入包圍圈內一步。」

八人一起「諾」了一聲，便出大帳，各自點齊本部兵馬，執行高飛的命令去了。

大帳內頓時空蕩下來，只有許攸、司馬朗、歐陽茵櫻、卞喜、王文君、白宇、施傑、李玉林、於毒、孫輕十個人。

高飛在下達一連串的指令之後，便垂下頭，一心觀察著面前的城防圖，沒有說話。帳內頓時變得安靜異常，在場的人都能聽見對方的呼吸聲。

「主公，如此深溝高壘，**難道主公想進行圍城？**」

許攸不明白高飛為什麼要這樣做，如果強攻的話，日夜不停的攻打，不出三天必然能夠攻下來，可是他見高飛採取的是圍困的辦法，不解地問道。

高飛點點頭道：「國內城是一座堅城，我軍此次前來並未攜帶攻城器械，甚至連馬匹都丟在紇升骨城裡，如果強行攻打國內城的話，必然會傷亡慘重。不如以守為攻，不出半月，必然能夠讓高句麗人主動開城投降。」

許攸聽了，說出自己的意見道：「主公，國內城是高句麗的錢糧重地，城內必然糧秣充足，如果我軍採取圍城之策的話，只怕半年也未必能攻下此城。這附近有不少樹木，只要砍伐下來做成攻城器械就可以了，屬下以為，兵貴神速，如今我軍四萬，高句麗人不過才兩萬，應該採取強攻。國內城的城牆是環形的，這對我們來說十分有利，先派出兩支兵馬佯攻，以作聲東擊西之狀，讓城內敵人疲於奔命，等敵人累了，我主力大軍再一起集中一點進行猛攻，三天之內，必然能夠奪取此城。」

高飛見許攸持有不同意見，就許攸的意見而言，確實是攻城的良策，可是自從昨夜知道了伊夷模和高句麗人的真實情況後，他便改變了思路，想給高句麗人打一場心理戰，讓高句麗人迫於壓力之下，主動出來投降，於是說道：

「兵法有云『**上兵伐謀，其次伐交，其次伐兵，其下攻城**』，不到萬不得已的時候，不隨便攻城。畢竟一場攻城戰下來，會有很多士兵因此喪命。別忘了，高句麗人是十分驍勇的，他們擅於弓術，又有堅城可守，強攻的話，只會讓我軍傷亡累累。對付高句麗人我已經有了作戰部署，可以不戰而屈人之兵。」

許攸為人較急功近利，一聽高飛說有不戰而屈人之兵的方法，便道：「屬下願聞其詳……」

高飛將面前的地圖給合攏了，笑道：「天機不可洩露，等到了明天，軍師自然會知道的。」

許攸見高飛賣了個關子，心中雖然有點不爽，但也無可奈何，畢竟面對如此聰明的一個主子，他不能說錯一句話，更不能再三心二意。

「軍師放心，明日之後，有你立功的時候。」高飛早就看出許攸的毛病，但是他既然敢接納許攸為自已的謀士，就有辦法對付他，有時候打一棒槌再給個糖，這樣的方法很適合管理許攸這樣的人物。

許攸默然點首，不再說話。

「卞喜，你將你手下的兩百名斥候全部散開，每隔一段距離設立一個斥候，負責從在黃忠等八位將軍之間傳遞訊息。」高飛的目光變得凶悍起來，吩咐道。

卞喜「諾」了聲，便出了營帳。

「於毒、孫輕、白宇、施傑、李玉林，你們帶領剩餘的中軍四千人負責拆遷營寨，將大營向前推進十三里，在國內城的眼皮底下紮營。許攸、司馬朗、王文君、歐陽茵櫻，你們四個人跟在我的身邊，隨時聽候調遣。」

「諾！」

四萬大軍分開行動，呼仇台帶著兩萬扶餘國的士兵開始進行迂迴，他們兵分兩路，一路直接從丸都山腳下行走，另外一路則乘船走水路，兩路兵馬一個向左，一個向右，開始實行包圍丸都山的計畫。

黄忠、徐晃、魏延、胡彧、褚燕、陳到、文聘、夏侯蘭八人各自率領兩千人馬開始執行高飛深溝高壘的策略。八部兵馬一古腦的湧到國內城下，把兵器當成工具，每部分出一千人手持連弩進行防禦，另外一千人則開始挖掘深溝，構建土牆，開始了熱火朝天的大動作。

國內城的王宮裡，伯固端坐在大王的寶座上，當著涓奴部、絕奴部、順奴部、灌奴部四位古雛加和桂婁部諸位王室大加的面，指著站在大殿中央的伊夷模，用極其憤怒的話語喊道。

「你這個孽畜！給我跪下！」

伊夷模面對伯固的暴怒，顯得很是冷漠，面不改色，冷峻的臉上透出不屑的目光，理直氣壯地道：「我為什麼要跪下？我沒有錯！我這樣做，都是為了我們高句麗著想。」

伯固已經氣得吹鬍子瞪眼了，怒吼道：「你這個懦夫！敵人兵臨城下，你不但不幫助我們自己人，反而放走了敵人。卞喜兩年前來過一次這座城，對城裡的一切都很熟悉，你把他給放走了，這就是通敵賣國，你還敢說沒有錯？」

伊夷模的腰板挺得很直，道：「我說過，我這樣做是為了我們高句麗人著想，父王倘若真殺了卞喜，或是將其囚禁起來，必然會惹來高飛的報復。高飛這個人不是好惹的，幾十萬在塞外縱橫的烏桓人都向他臣服了，何況我們高句麗人還不到十萬！如果父王一直保持著和高飛友好往來，不向本溪塢堡附近增兵，企圖趁著高飛的大軍不在意圖奪取遼東的話，那三萬勇士又怎麼會變成一堆白骨？」

「你……你這個孽畜，哪裡輪到你教訓我來了？你左一句高飛，右一句高飛，高飛到底給了你什麼好處？我們高句麗人世世代代都是如此，如果不是先輩們在戰場上灑下了鮮血，又怎麼會有如今的高句麗？諸位古雛加，你們倒是說句話啊，伊夷模的做法已經觸犯了本國的利益，你們說該如何定罪？」

在場的古雛加面面相覷，默不作聲，心裡卻對伯固充滿了怒意。

「王兄！伊夷模的做法已經徹底違背了作為一個高句麗人的生存法則，我請求立刻處死伊夷模，以儆效尤！」說話的人是桂婁部的大加仲羽，是伯固的胞弟。

伯固怒歸怒，可是並不希望伊夷模死，作為他唯一的兒子，他能做的只是暫時將伊夷模關起來。當他聽到仲羽的話之後，心中便是一驚，暗暗地想道：「你好歹毒的心，讓我殺了伊夷模，等我死了以後，你就可以繼承王位了，你休想。」

高句麗人有個不成文的規定，王位繼承人不一定是長子，但必須是王室嫡子，如果大王沒有兒子的話，就由大王的胞弟繼承，總之不能傳到別人的手上。

仲羽的野心昭然若揭，其餘的古雛加立刻做出了反對，認為伊夷模罪不至死，紛紛求情。仲羽則硬要將伊夷模置之死地，幾個人便在大殿上爭吵了起來。

「報——」一個人飛奔跑進了大殿，大聲地道，「啟稟大王，漢軍……大批漢軍出現在城外。」

爭吵瞬間停止了下來，伯固站了起來，對殿外站著的勇士大聲喊道：「來人，將伊夷模暫時看押起來，不得讓他邁出房門半步，沒有我的命令，任何人也不得接近他。諸位古雛加、大加，請你們都跟我到城牆上走一遭！」

伯固、仲羽和諸位古雛加、大加、相者一起登上了城樓，所有人看到城外的一幕，都無比的震驚。

國內城外，漢軍士兵手持連弩一字排開，和城牆一樣，形成一個環形，沿著城牆綿延出去。在漢軍弩兵的背後，則是幹勁十足的漢子，他們都脫光了上衣，光著膀子，手持各種兵刃進行挖掘工作，另外還有一些士兵在兩里外的平地上築起了營寨。

「太猖狂了，漢軍太不把我們高句麗人當回事了，我一定要給他們一點顏色看看！」

伯固看到這一幕，立刻動了怒氣，年輕時，他也是個好勇鬥狠的勇士，可自從繼承了王位之後，便再也沒有上過戰場了，多年來養尊處優的生活讓他的身體變得肥胖不堪，可是他那顆好鬥的心還依然健在。

「對，王兄，應該派人出去給那些漢人一點顏色看看，讓他們知道，我們高句麗人不是好欺負的。」仲羽附和道。

「嗯，說得好！」伯固的目光裡突然閃過了一絲邪念，道：「仲羽，你是我桂婁部的第一勇士，就請你帶領一千騎兵出城，給他們一點顏色看看吧！」

「什麼？」仲羽大驚失色，叫道：「你讓我去？」

伯固道：「難道還有別人叫仲羽嗎？」

仲羽的臉上立刻現出難色，心想：「我剛才一心要將伊夷模置於死地，這會兒伯固如此對我，一定是在報復我。不管我能否打敗漢軍，我都不能去，以伯固的性格，一旦我打敗了，那就絕無活路了。漢軍能夠在紇升骨城不費吹灰之力便將拔奇、優居、然人的三萬大軍盡皆屠戮，連拔奇都不是對手，我這把老骨頭又怎麼能經得起折騰？」

「仲羽！」伯固見仲羽不回答，便朗聲道，「你還不快去？」

仲羽扭頭看了看周圍的古雛加，見他們都是一副事不關己高高掛起的姿態，也沒什麼指望。

當他的目光掃過身邊的對盧時，心中便起了一絲希冀，當即道：「王兄，最近我的舊疾犯了，騎不了馬，我看就讓對盧大人領兵出戰吧。對盧大人可是整個高句麗的第一勇士，就連拔奇王子都要打不過他，他去最合適。」

對盧是高句麗的武職，是統領全國兵馬的大將軍，只有作戰勇猛、又立下過不少功勳的人才配得上對盧這個職位。

伯固扭頭看了看身為對盧的麻強一眼，見麻強一臉的冷峻，便問道：「你可有把握？」

麻強看都沒看城外的漢軍，立刻答道：「大王請放心，我只需五百騎兵便可以讓漢軍四處逃竄。」

伯固道：「拔奇就是死在這夥漢軍的手上，你一定要小心，五百太少，我給你一千。另外，讓仲羽率領兩千弓箭手掩護你。」

「王兄，這……這不太好吧？」仲羽道。

伯固冷笑道：「你不能騎馬，難道還不能走路嗎？難道連你的雙手都不能用了？」

仲羽無法再進行辯解，立刻道：「那好吧，我去就是了。」

麻強、仲羽兩個人下了城樓，點齊兵馬之後，便彙聚在城門邊。麻強也不等仲羽，命人打開了城門之後，率領一千騎兵便朝城外奔馳而出，而仲羽則率領兩千弓箭手緊隨其後。

國內城外的平地上，離城牆還有五百米的距離上，漢軍士兵手持連弩、握著懸在腰中的佩刀嚴陣以待，他們的背後則是正在進行挖掘工作的人。

胡彧的部下正對著國內城的城門，他正在指揮著部下幹活，突然看見城門打開了，從城裡湧出一隊騎兵，立刻大叫道：「敵人出城了，迅速備戰！」

一聲令下，一千名正在幹活的士兵紛紛爬出土溝，拿著武器集結在一起，前面的一千名嚴陣以待的弩手則躲在鹿角和拒馬的後面。

與此同時，早已經觀察到高句麗人動靜的斥候則將消息迅速報告給在後面安營紮寨的高飛。

高飛早就做好了防備工作，也猜測到高句麗人隨時有出城搗亂的事情，他已經安排下了計策，見到高句麗人衝了過來，他的臉上便浮現出一絲淡淡的笑容，自言自語地道：「我正愁你不出來呢，來得正好，哈哈哈！」

「咚咚咚……」

戰鼓迅速被擂響了，沉悶的鼓聲在平原上傳開了，敲響了這個清晨的寧靜。

只見從四面八方湧現出許多手持弓箭、長標的士兵，白宇、施傑、李玉林、於毒各自帶著五百步兵一股腦的湧向了胡或那裡，前去支援。除此之外，和胡或相鄰的文聘、褚燕則帶著自己的部下從兩翼圍了過來，很快部隊便形成了一個「門」字形。

麻強沒有想到漢軍的應變能力會如此迅速，見漢軍在前方擺開了陣勢，他立刻勒住座下馬匹，並且讓所有的騎兵停了下來，立在和漢軍相隔三百米的空地上。

仲羽帶領的兩千弓箭手隨後趕到，他徑直走到麻強的身邊，看到前方漢軍的陣勢，顯然是早有防禦，便對麻強道：「漢軍早有防備，我們還是別去送死了，趕緊回城裡要緊。」

麻強從不貪生怕死，聽到仲羽的話，便怒道：「要回你回，這是大王的命令，我必須執行！」

仲羽也不勉強，他可不想送死，便朝後面跑了過去。

麻強手挽長弓，胯下騎的是一匹負重耐力強、身材卻矮小的果下馬，是高句麗人飼養的馬匹，和草原上的人所牧養的高頭大馬不一樣。他背後的騎兵都是清一色的弓騎兵，騎的也是青栗色的果下馬。

他見漢軍擺開了陣勢，當即對身後的士兵喊道：「你們是高句麗最強的勇士，生來就是要在刀口上舔血的，現在敵人就在你們的面前，跟我一起衝上去，讓他們嘗嘗我們高句麗勇士的厲害！」

「諾！」一千名騎兵一起回答道。

此時的仲羽已經退到了城門邊，城樓上的伯固看到後，便立刻讓人關上城門，不准仲羽進城，逼著仲羽迎戰。仲羽無奈，只能硬著頭皮帶著兩千弓箭手跟在麻強的騎兵後面奔跑。

麻強一聲令下，帶領一千弓騎兵便朝漢軍的陣地衝了過去，用他們手中特製的貊弓，從左翼招呼漢軍的士兵。

貊弓是高句麗人最好的弓箭，也是最強硬的弓箭，射程可達四百步遠，比一般的草原上的鮮卑人、烏桓、匈奴的短弓射出的距離遠了許多。

高飛站在剛剛築造好的望樓上，身後跟著許攸、司馬朗、王文君、歐陽茵櫻四個人，一同眺望著戰場。

許攸見到高句麗的弓騎兵衝了過來，心裡起了一絲疑惑，便問道：「主公，你真的不去前線指揮戰鬥嗎？」

高飛點點頭：「大致方針我已經定下來了，該怎麼迎戰都是將軍們的事，此時正是鍛煉他們在戰場上相互配合和指揮戰鬥的能力，區區一千弓騎兵和兩千步弓手何足掛齒，胡彧是個將才，能從樂浪郡一路打到紇升骨城，說明他非常有本事，我已經將前線的指揮權交給他了，就應該充分相信他的能力。」

許攸見高飛對部下如此放心，便道：「可是……」

「沒什麼好可是的，我說一不二，軍師就請看胡彧如何立功吧。」高飛打斷了許攸的話，「哦，明天就該軍師上場了，我也會充分相信軍師的能力的。」

許攸聽到後半句話，到現在還沒有猜出高飛的葫蘆裡到底在賣什麼藥，他見高飛如此放心，也就不再擔心了，安心地站在那裡看著前面的戰場。

司馬朗、歐陽茵櫻兩個人都沒有說話，也沒有許攸那麼多話，只是靜靜地跟著。

王文君皺著眉頭，心裡在擔心著胡彧的處境，因為他看到帶兵出來的是高句麗的首席大將麻強，這個殺人如麻，冷血殘酷的高句麗人在以前高飛沒有占領樂浪郡的時候，經常前來侵擾，在樂浪郡多次燒殺搶掠，令樂浪郡的百姓一聽到麻強的名字就害怕，是個殺人不眨眼的魔鬼。他的心裡不禁為胡或擔心，不知道胡或能夠抵擋得住麻強。

高飛看出王文君的不安，問道：「你是在擔心胡或嗎？」

王文君道：「麻強是高句麗的第一大將，統領全部的王城衛隊，他的部下都是騎著果下馬、手持貊弓的高句麗最為勇猛的戰士，可謂是整個高句麗最為精良的，屬下從未和麻強交戰過，胡將軍也沒有，所以屬下有點擔心。」

「麻強？我似乎聽卞喜說起過這個人，他真的有那麼強悍嗎？」

王文君點點頭，立刻答道：「確實很強，征服北沃沮、東沃沮、驅逐扶餘人的就是他，光說起他的名字就能讓整個東北的百姓人人自危，是個殺人不眨眼的大魔頭。」

高飛笑道：「很好，胡或也不差，好歹也是一代名將鍾離昧之後，我想他在帶兵攻打高句麗的時候，就已經很期待與麻強一戰了。你不用那麼擔心，好好看著，我也想看看，沒有你在身邊，胡或到底能否勝任先鋒大將的職位！」

「諾！」王文君見高飛很器重胡或，也就沒再說什麼了，反而替胡或感到高興。

戰鬥已經拉開序幕，胡彧得到高飛的授權，負責指揮這次戰鬥，當他看到來的人是整個東夷都為之喪膽的麻強時，心裡忍不住悸動了兩下，說不出的興奮。

戰場上陳列著六千漢軍步兵，文聘、褚燕各帶一千弓弩手從左右兩翼前來支援，胡彧原本就指揮著本部的兩千部下，加上白宇、於毒、施傑、李玉林所帶領的兩千人，便融合成了一個鬥的形狀，躲在鹿角和拒馬的後面，保護著尚未挖掘成功的深溝。

胡彧所指揮的是自己在樂浪郡訓練的士兵，雖然談不上精銳，但長處是都擅於箭術，他們的手中每個人都握著一張連弩，背上背著大弓，腰中懸著佩刀和箭囊，其中還有五百名長槍手。

看到麻強帶著一千弓騎兵衝了過來，胡彧立刻下達命令：「文聘、褚燕，你們都且退下，白宇、於毒、施傑、李玉林壓住陣腳，這個人交給我來收拾。」

這是一次典型的以步兵對付騎兵的戰鬥，胡彧非但沒有感到害怕，反而越發覺得興奮。他一聲令下之後，身在左翼的文聘立刻帶兵後撤，褚燕也不向後撤去，兩支部隊只嚴陣以待地站在那裡觀望。

「兄弟們，是時候向主公表現了，拿出你們的勇氣來，高句麗人是如何欺凌你們的，你們就應當加倍的讓他們償還回來。」胡彧大聲鼓舞著部下的士氣，

「全軍戒備！」

一聲令下，兩千名士兵立刻變成一個戰陣，五百名長槍手將長槍豎立了起來，架在鹿角後面，像一根根尖利的錐子一樣立在那裡。而那些原本握著連弩的士兵也有五百人換上了弓箭，紛紛拉滿了弓，搭上了箭，滿弓待射。

五百名連弩手則分布在弓手的後面，另外的五百名刀手從背後取下背著的圓形藤牌，握在手裡，一對一的護衛著排列在最前面的長槍手。戰陣已經結成，就等著麻強帶領的騎兵攻過來了。

麻強帶著一千名弓騎兵向前慢跑，本來向左翼衝去，哪知道左翼竟然自動撤離了，而且還撤退到了射程之外，右翼的動作也是如此，只有中間挺出了一個小型戰陣，他只能招呼自己的部下朝中間衝了過去。

「放箭！」

幾乎是同一時間，胡彧和麻強大聲喊出了這兩個字，一支支羽箭騰空飛起，像漫天飛舞的蝗蟲一般，遮蓋住了小半個天空。

胡彧的部下所用的大弓也是貊弓，射程和麻強所帶的弓騎兵的射程一樣，所以他和麻強一看見對方進入射程範圍裡的時候，便異口同聲地叫了出來。

「噗、噗……」

高句麗人射來的成片的箭矢落在了胡彧的部隊中間，幸好有五百名握著藤牌的刀手進行護衛，五百名長槍手才沒有受到損傷，只有個別的受了點輕傷而已。而五百名弓手在射完箭矢，立刻散開到兩邊，從左右兩側迂迴到後面，後面的連弩手便直接填補了空缺，士兵們端著連弩，瞄準著駛近的弓騎兵便是一通亂射。

讓人沒有想到的是，麻強的弓騎兵有一百多人受了箭傷，卻像沒事人一樣，依然我行我素的跟著麻強衝過去，同時拉開弓箭，射出了第二波箭矢。

第二波箭矢的射速非常快，這一波箭矢直接朝連弩手的陣形裡射了過去，然後整個騎兵隊伍立刻一分為二，又跑了回去。

「啊……」

胡彧的面前立刻倒下了一排連弩手，大約折損了兩百多人。他本來想等對方靠近，然後用長槍手直接衝上去，哪裡想到對方竟然半道便折回去了，而且馬匹的速度也明顯比進攻時提高了兩倍還多。

「他娘的，真窩心，沒有馬匹還真不習慣！」

胡彧雖然指揮的都是步兵，可是他本人是喜歡騎馬的，而且在他的部隊裡本來也有五百名騎兵，只不過他從樂浪郡一路打到紇升骨城的時候，騎兵大多跟著他戰死了，剩餘的馬匹也少之又少，加上從紇升骨城坐船到國內城，馬匹受不了水上的顛簸，只能將所有的馬匹留在紇升骨城裡。

胡彧和麻強的第一次交鋒算是完成了，可對於站在望樓上觀望的高飛來說，這不是他想看到的。

高飛的眉頭皺了起來，看到麻強指揮弓騎兵十分迅速，而且那支騎兵隊伍在進攻時速度很慢，可是一到了逃跑時，速度卻快得異常。

他知道自古步兵對付騎兵一直都很吃虧，也沒有責怪胡彧，畢竟胡彧自己能搞出一個四個兵種相互配合的戰陣，確實不錯，用於對付攻擊型的騎兵來說，或許能夠取勝，可是對付擅於游擊的弓騎兵就有點吃虧了。

胡彧立刻讓人將陣亡的士兵拉了下去，並且讓傷兵也下了戰場，清點了一下人數，居然只剩下一千五百人了。

文聘、褚燕、白宇、於毒、施傑、李玉林等人見狀，都紛紛央求參戰，卻被胡彧婉言拒絕了。

胡彧剛才吃了虧，見麻強在跟他打游擊，索性不再搞什麼戰陣，將部下的幾個司馬喚到了跟前，當即道：

「一會兒騎兵再衝過來，你們就跟我一起衝過去，他們現在還剩下不到一千人，只要我們展開猛烈的攻擊，定然能夠攪亂對方的布局。剛才我看到了，這撥騎兵都是受過嚴格訓練的，與我們之前見到的高句麗的軍隊不一樣，他們遵循著過往經驗，馬匹跑到哪裡開始放箭，什麼時候該撤退，根本就沒見麻強說過一句話，已經至成固定的模式，只要將其攪亂就可以了。」

幾名軍司馬都是被胡彧一手提拔起來，也都不是貪生怕死之輩，都點點頭，表示同意。胡彧也不多說廢話，立刻讓幾個軍司馬散開，準備向前衝陣。

麻強回到了城牆下面，他剛才小試牛刀了一下，是在試探漢軍的實力，見漢軍雖然人數多，卻拘泥於步兵戰陣的演變，便笑道：「漢軍也不過如此嘛，看我這次不把他們徹底打垮！仲羽大人，請你帶領所有的弓箭手在後面掩護我，一起衝上去，先消滅那支最中間的軍隊。」

仲羽見麻強洋洋得意，心裡很不爽，但是畢竟人家是高句麗第一的勇士，也是令整個東夷都聞風喪膽的人，再怎麼不平衡，也只能把氣往肚子裡咽了，只點了點頭，沒有回答。

麻強也不在乎仲羽有什麼想法，他只需要看清楚敵人的一舉一動就可以了。

「好，再來一次，這一次要使出全部的力量，徹底將漢軍的前部打垮！」

「諾！」

隨著麻強的一聲令下，剩餘的八百多騎兵便一起衝了上去，但是這一次和上一次不一樣，這一次所有的騎兵是全力衝刺，座下的果下馬也都使出了全身的力氣，馱著馬背上的騎士以最快的速度進行衝陣。

胡彧皺著眉頭，見麻強的騎兵隊伍衝上來了，笑了笑，從一個士兵的手裡接過藤牌，大聲地道：「刀牌手在前，長槍手和弩手在中，弓箭手在後，一起衝過去，一定要徹底打亂敵人的陣形！」

話音一落，胡彧手握鋼刀和藤牌，第一個便衝了上去，身後一千五百名士兵緊緊跟隨。

雙方的同時猛衝讓觀戰的人都吃了一驚，只見麻強部下的弓騎兵早早地便將手中的箭矢給射了出去，但是沒有裝備過馬刀或者長槍等近戰武器的他們，見到對方不要命的衝了上來，只能迅速折道返回。

胡彧的目光確實很犀利，立刻便洞察了麻強的作戰方法，他快速地向前奔跑著，一邊用藤牌擋住射來的箭矢，一邊大聲喊著「殺啊」的話語。

很快，後面的弓騎兵還沒有搞明白是怎麼一回事，便被漢軍的步兵給衝撞了上來，漢軍士兵刀鋒所過之處鮮血噴灑而出，高句麗人一個接一個的墜落馬下。

胡彧更是率先奪下一匹馬來，他對自己後面的部下沒有一絲的擔心，該怎麼打，他完全可以交給軍司馬指揮，他們都是配合默契的兄弟了，他現在要做的就是追趕麻強，斬下麻強的腦袋。

他翻身躍上馬背，輕喝一聲「駕」，便混雜在高句麗人的弓騎兵裡，跟著後面向後撤退。

仲羽的弓箭手剛剛跟上來，還沒有搞明白是怎麼回事，便見到麻強帶著騎兵在半道退了回來，一邊後退，一邊放箭。

當所有的騎兵都在他面前消失的時候，他這才看清楚前方的情景，居然是一撥漢軍的步兵不要命的衝了上來。他見麻強都跑了，自己也沒有了底氣，立刻不戰自退，情急之下也忘記去下撤退的命令，只顧著自己逃跑。

高句麗人的弓箭手沒有接到撤退的命令，只得一味向前衝了過去，很快便和漢軍的刀牌兵混戰在一起。不善於近戰的弓箭手一碰到這些手握鋼刀的戰士，便立刻陷入劣勢，根本來不及拉開弓箭，手腳便被砍成了兩截。

胡彧一馬當先，提著鋼刀，所過之處盡皆屠戮，忽然他看見仲羽從不遠處經過，見仲羽穿著十分的考究，便快馬趕了過去，舉著鋼刀，一聲大喝之後，便將仲羽的人頭給砍了下來。

高句麗的士兵已經亂作一團，被胡彧帶著部下一經衝撞了過去，立刻陷入了劣勢，成群結隊的弓箭手紛紛舉起了手中的大弓抵擋漢軍士兵的刀槍，許多大弓都被漢軍的士兵砍成了兩截。

漢軍的陣營裡，高飛看著一幕，皺起的眉頭也隨之鬆開，嘴角上揚了一絲淡淡的笑容，誇讚道：「**胡次越，真將軍也！**」

# 第五章
# 智者見智

伊夷模道：「相加大人，你是我高句麗的智者，正所謂智者見智，難道你還看不清楚現在高句麗所面臨的形勢嗎？自從高飛到了幽州之後，整個東北的局勢就變了，我們應該順應民心，只有這樣，我們高句麗人才能得以保全。」

文聘、褚燕、於毒、白宇、施傑、李玉林六人都維持著自己的陣形，看到胡彧帶著部下在高句麗的士兵中往來衝突，刀鋒所過之處便是鮮血噴湧，許多高句麗強壯的勇士前來進行阻擋，卻被胡彧的刀一個接一個的削掉了腦袋。

麻強已經回到城門下面，掉轉馬頭時，看到胡彧騎著一匹果下馬，舉著鋼刀在慌亂的陣營裡衝突，馬項上還拴著仲羽的人頭，讓他大吃一驚，不禁失聲道：「漢軍中竟然還有如此人物？」

「那個臉上有傷疤的人是誰？」麻強指著胡彧立刻問道。

有人立刻回答道：「啟稟對盧大人，他就是樂浪郡太守胡彧。」

「是他？」

麻強抖擻了一下精神，緊握著手中的大弓，隨手取出三支箭矢，搭在弓弦上，瞄準了正在混戰中的胡彧，怒吼道：「胡彧，你受死吧，今天我就要給我的弟弟報仇！」

只聽得一聲弦響，三支箭矢便劃破了長空，朝著胡彧筆直的飛了過去。

「胡將軍小心冷箭——」

不知道是哪個士兵大聲喊了出來，聲音傳入胡彧的耳朵裡。胡彧剛剛砍掉一個高句麗勇士的胳膊，聽到有人提醒自己，一扭頭便看見三支箭矢朝著自己飛了過來。

他的眼睛瞪得賊大，滿臉鮮血的面孔變得猙獰起來。眼看那三支箭矢就要射進自己的身體，說時遲，那時快，將鋼刀一轉，橫在胸前，只聽見「噹」的一聲響，一支箭矢便被他用刀擋了下來。

就在胡彧擋下一支當胸飛來的箭矢時，他的左臂和右腿上幾乎同時感受到了劇烈的疼痛，兩支箭矢直接射進了他左邊的肩膀和右邊的大腿上。

胡彧沒有叫，而是咬緊了牙關，朝著箭矢飛來的方向看去，犀利的目光橫掃過混亂的戰場，定睛看見麻強手持一張大弓，騎在一匹果下馬上滿弓待射，臉上也浮現出一絲詭異的笑容，他便知道剛才的冷箭是麻強射的。

他左邊的肩膀受了箭傷，鮮血如同泉湧，順著手臂向下流，不一會兒便染紅了他的整條手臂。

箭矢插在他的肩窩裡，讓他的左臂無法動彈，他鬆開馬韁，雙腿用力一夾馬肚，大喝一聲「駕」，右手掄著鋼刀便向麻強衝了過去。

本以為能夠一箭射穿胡彧心窩的麻強，看到那最為致命的一箭被胡彧給擋了下來，臉上的笑容逐漸變得僵硬起來，吃驚地道：

「這……這怎麼可能？」

看到胡彧掄著鋼刀衝了過來，麻強的臉變得猙獰起來，大聲對後面的士兵喊道：「放箭！快放箭，千萬別讓那人衝過來！」

「大人……我們的人還在前面呢！」一個騎兵驚愕地對麻強道。

麻強將大弓反拿在自己手裡，用弓弦勒住那個騎兵的脖子，細如鐵絲的弓弦直接將那個騎兵的喉嚨給勒斷。

他瞪大了凶惡的眼睛，厲聲道：「誰敢違抗命令，下場就如同他一樣。放箭！」

其餘的人都害怕起來，對麻強的話不敢違抗，紛紛拉開弓箭，朝前方不遠處的人群射出一波強勁的箭矢。

高句麗的步弓手在仲羽死後便失去了指揮，被胡彧帶著的人貼近身體，也只有死路一條的份，沒有攜帶任何近身武器的他們，只剩下唯一的希望，那就是趕緊向回跑。

可是，胡彧帶領的漢軍士兵緊緊地咬住這些步弓手，根本沒有給他們逃跑的機會，漢軍的步兵勢如破竹，將這些高句麗的步弓手分成了好幾塊，一時間亂成一團，從周邊很難將兩撥士兵分開。

胡彧是整個漢軍裡唯一一個騎馬的人，他揮舞著手中的鋼刀，朝麻強所在的位置衝過去，卻因為前面有許多高句麗的弓箭手擋道，無法進行快速的衝刺，只能一路殺過去。

當他差不多快殺出一條血路的時候，突然見到從天空中飛來許多箭矢，心中一驚，忍著身上箭傷帶來的疼痛，立刻做了一個蹬裡藏身，同時大聲朝後面吼道：「小心箭矢！」

「啊……」

一通箭矢落下，立刻傳來許多聲慘叫，不管是漢人還是高句麗人，都有不少人中箭身亡。

「真他娘的狠，連自己人都殺……」

胡彧的話音還沒落下，第二波箭矢又從空中飛來，這一次似乎較之上次還要密集，他也不敢從馬肚子下面翻身上去。

當箭簇再次落下的時候，又有一兩百人被亂箭射殺，同時胡彧的耳邊也傳來他所騎乘的果下馬的悲慘叫聲，跟著，馬匹便重重地翻倒在地，將來不及做出反應的胡彧也一併摔在了地上。

胡彧趴在地上，看著自己所乘坐的馬匹身中數十箭，整個馬背上都是鮮血，馬匹更是奄奄一息的哀叫著，馬眼的淚槽裡泛著血光，一支羽箭正插在馬的眼窩裡。

他剛一抬頭，便看見周圍的地上倒下了一大片人，不管是漢人還是高句麗人死的死，傷的傷，更多的是身上各處中了箭之後，躺在那裡不住哀嚎的人。

「畜生！老子不殺了你，誓不為人！」

胡彧緊咬牙關，忍著身上的巨痛，抬起左手，硬生生地將插在自己身體上的兩支箭矢給拔了出來。

箭矢拔出的時候，胡彧的臉上抽搐了一下，後槽牙緊緊地咬住，始終沒有發出一點叫聲。

他從地上爬了起來，從地上漢軍士兵的死屍上撿起一桿鋼槍，朝後面大聲招呼道：「能喘氣的都跟我來，並肩上，砍了麻強那個大魔頭！」

一聲巨吼之後，原本在地上倒著的漢軍士兵都紛紛忍著疼痛站了起來，或手持弓箭，或手拿鋼槍，或緊握鋼刀，瞬間便聚集了五百多人，加上後面還有五百多人沒有受到傷害的，一千多漢軍士兵也不再理會周圍這些高句麗的步弓手了，直接跟著胡彧向前衝了過去，要是遇到還想抵抗的高句麗的步弓手，便直接結果了那人的性命。

一時間群情激奮，兩通箭矢射趴下的人中，絕大一部分都是後退的高句麗人，只有胡彧和衝在最前面的一百多人被亂箭射中，在陣亡了九十多人後，其餘的人見胡彧又站起來了，便立刻有了主心骨，跟著胡彧，向國內城下的麻強衝了過去。

麻強見剛才射死的大部分是自己人，心裡不禁沒有一點難過，反而興奮起來，自言自語地道：「這樣才對，只有這樣我才能親手殺了你……」

「出擊！」麻強見胡彧帶著人衝了過來，而且都是漢軍的士兵，便毫無顧忌地道：「殺無赦！」

一聲令下，八百多弓騎兵便跟著麻強一起迎了上去，在馬匹奔跑的時候進行射擊，企圖將胡彧等人一舉殺死在他們的亂箭之下。

箭矢如雨，胡彧用鋼刀撥開了十幾支箭矢，當他看到快要和騎兵接近，騎兵也開始拐彎的時候，便舉起了左手中握著的鋼槍，使出全身的力氣，朝著尚未對他形成包圍的騎兵前部投了過去。

鋼槍筆直的飛了出去，只聽見一聲悶響後，鋼槍便貫穿一個騎兵的身體，那個騎兵被突如其來的巨大力道給帶了起來，直接從馬背上向後飛去，撞在了後面的騎兵，一連撞了兩個人後，一桿鋼槍上便貫穿了三個騎兵的身體，一起側翻在地上，轟然倒地，口吐鮮血，被後面向前湧來的馬匹的亂蹄踐踏得血肉模糊。

漢軍裡有握著鋼槍的士兵也紛紛效仿，一時間空中便飛出了三百多鋼槍，巨大的慣力之下，弄得高句麗的騎兵人仰馬翻。

麻強從未遇到過這樣棘手的敵人，看見一桿鋼槍迎面刺來，驚愕之下，立刻低下了頭，心中暗叫一聲「好險」，可是他的背後卻傳來一聲慘叫，以及戰馬長嘶悲鳴的聲音。

他忍不住回頭看了一眼，見背後的一名騎兵連人帶馬都被鋼槍刺中，人畜連成一體，倒在地上奄奄一息。他的臉上不禁浮現出一絲驚恐，心裡也莫名地出現對死亡的恐懼……

「麻強！」

身邊突然傳來一聲大喝，麻強心中一驚，剛回過頭時，他的瞳孔立刻放大了，只看見一柄寒光閃閃的鋼刀向自己的頭顱砍來，那鋒利的刀鋒所帶來的寒氣，以及從未有過的死亡氣息，都在這一刻向他襲來。

冰冷的刀鋒劃過了麻強的脖頸，一顆人頭直接滾落在地，黏稠的紅色液體也隨之從被砍斷的脖頸裡噴湧而出，無頭的身體從奔跑的馬匹上墜落在地。

胡彧喘著粗氣，看著後面的高句麗騎兵紛紛勒住馬匹，臉上都露出驚恐之色，他的身邊也跟來了自己的部下，他將鋼刀向前一舉，怒吼道：「殺光他們，一個不留！殺——」

看到胡彧在前線浴血奮戰，以少勝多，並且打敗了高句麗的騎兵，斬殺了麻強、仲羽的高飛，忍不住內心的興奮，對站在望樓下面的卞喜喊道：「傳令下去，讓文聘、褚燕、於毒、白宇、施傑、李玉林帶領部下全部出擊！」

卞喜「諾」了一聲，以最快的速度向前方的戰場跑了過去。

文聘、褚燕、於毒、白宇、施傑、李玉林等人都看得目瞪口呆，對作戰勇猛的胡彧也由衷地生出了敬佩之情，六人都摩拳擦掌，期待著胡彧下達命令，讓他們也一起衝上去殺敵。

「主公有令，讓汝等迅速帶領全軍出擊！」卞喜快速地將高飛的命令傳達了下去。

「太好了，我早就等得不耐煩了！」褚燕擼起了袖子，露出兩條粗壯的手臂，立刻拔出腰中的鋼刀，衝自己的部下喊道，「兄弟們，都跟我並肩上啊，莫要讓胡次越一個人把功勞給吞了！」

文聘一直在揪著心，當他看到胡彧身中兩箭之後，便想帶著部下一擁而上，可是他又怕違抗了命令，一直沒有動彈。此時聽到高飛讓卞喜下達了命令，二話不說，將手中的鋼槍向前一招，低吼了一聲「出擊」，便帶著部下向前衝了過去。

於毒、白宇、施傑、李玉林也都不甘落後，各自帶領著自己的部下向戰場上衝去。

褚燕、於毒一直守在鐵嶺和撫順，一方面防著扶餘人、高句麗，另外一方面也從側面拱衛著瀋陽。

許久以來都處在和平階段，沒有仗打的日子裡，兩個人過得很清閒。當他們一接到和扶餘國的軍隊聯合討伐高句麗的命令時，都興奮不已。

可是，由於高句麗王將大半數的兵力都布置在本溪附近，導致褚燕、於毒和扶餘軍一路上長驅直入，所以一路上沒有打過仗，即使遇到零星的高句麗小股部隊，看見大軍到來，也都紛紛逃走了。

此時，兩個人一聽到要出擊了，跑得比誰都快。

文聘、白宇、施傑、李玉林四個人從未立過什麼功勞，這次一聽說要他們進兵，還不都爭著搶著向前殺敵。一時間，漢軍嚴陣以待的四千步兵都一股腦的衝了上去，刀槍林立，弓弩齊射，以極大的聲勢橫掃著胡或遺留下來的戰場。

戰場上那些因為受傷倒在地上爬不起來的高句麗人，根本沒有還手的餘地，被這群為了爭搶功勞而紅眼的漢軍將士撲上來就砍成了一堆肉泥，連給他們投降的機會都沒有。

另外一些尚有行動能力的高句麗人見到數倍於自己的漢軍士兵衝了過來，那滔天的聲勢，早已讓他們嚇破了膽，心中不禁膽寒，各個嚇得只顧朝後跑，不是被漢軍士兵追上來殺了，就是死在前面和高句麗騎兵迎戰的胡彧部下的手裡。

兵敗如山倒，高句麗原本囂張的氣焰，那些自詡為最精良的勇士，在這些如狼似虎的漢軍面前顯得不堪一擊。

高句麗的騎兵隊伍也因為麻強被胡彧斬殺而變得異常混亂，加上胡彧那種不按常理出牌的打法，將能扔的兵器都扔了出去，弄得騎兵隊伍都傷痕累累，許多騎兵都人仰馬翻，一經落地，便被漢軍士兵圍了上來，群毆致死。

「開門！快開城門！」十幾名高句麗的騎兵為了活命，奔到了城門下面，高聲朝城樓上喊道。

國內城的城樓上，伯固陰鬱著臉，本來還在洋洋得意的為麻強射傷了地方大將而自豪，哪知道情況突然逆轉，先是自己的弟弟仲羽死了，後來連讓整個東夷都聞風喪膽的麻強也被人砍掉了腦袋，他的主心骨徹底沒了。

此時，伯固看到城門下面不住叫喊的騎兵，又看了一眼不遠處被漢軍士兵追趕著朝城門迤邐逃回來的士兵，他擔心城門一經打開就再也關不上了，將心一橫，決定捨棄這些被打敗的士兵，朗聲對守衛城門的官員喊道：

「沒有我的命令，誰也不准打開城門，違令者斬！弓箭手全體戒備，不要讓漢軍靠近城牆邊，將這些貪生怕死的人全部射死！」

伯固一聲令下之後，守在城樓上的弓箭手便朝城牆下面的敗軍開射，箭矢如雨，逃回城門邊的士兵都一個個的慘叫著死了。

向前是死，退後也是死，可憐這些高句麗的敗兵在前後夾擊中消亡殆盡。

伯固早已下了城樓，吩咐一位大加守衛城門，自己則溜回了王宮。

此時此刻，他的心情很是複雜，一向被他極為信賴的麻強被人斬殺了，那支戰無不勝的高句麗弓騎兵也隨著麻強的死而消失了，城外是數萬漢朝和扶餘國的聯軍，城內是對他一直持有反對意見的四部首領，還有一個一直和自己做對的兒子，他不知道現在該如何是好……

豔陽高照，血染大地，國內城的城門外面屍橫遍野，濃郁的血腥味久久未能散去，到處都是斷裂的兵器和人的肢體。

國內城的城牆上，高句麗的士兵都防守嚴密，對於剛剛的那一場血戰，所有的人心裡都蒙上了一層陰影。

他們最為恐懼的麻強被漢軍殺死了，紛紛感到從未有過的害怕，**原本那個**

**經常被他們欺負的漢軍已經煙消雲散了，換來的卻是一支帶給他們死亡氣息的軍隊，**他們不得不承認，漢軍比以前強大的不知道多少倍了。

城外，白宇、於毒、施傑、李玉林帶著士兵在打掃戰場，文聘、褚燕則接下了胡彧負責挖掘深溝的地方，一切都是那麼的平常。

漢軍的大營裡，剛剛從戰場上退下來的一千多名傷兵，在軍醫的治療下，傷勢有所好轉，都一個個的躺在各自的軍營裡，痛並快樂著，因為這是他們有史以來第一次殺得最痛苦的一仗，他們不少人都和高句麗人有仇，這下子總算報仇了，一想起殺了自己的仇人，他們的臉上便洋溢起幸福的笑容。

大帳裡，胡彧平躺在臥榻上，肩膀上、大腿上纏著繃帶，繃帶被鮮血染透，看著讓人便生出憐憫之心。他的右臂上也受了一處輕微的刀傷，是被一個高句麗人給砍傷的，同樣也纏著繃帶。

「主公，胡將軍的傷勢並無大礙，只是一些皮外傷，調養一些日子就可以了。」軍醫給胡彧治理完傷勢後，見一旁的高飛皺著眉頭，急忙道。

高飛看了眼躺在臥榻上已經昏迷的胡彧，嘆了口氣道：「胡彧這次算是重創了高句麗人的銳氣，我聽說那個被他斬殺的麻強，是整個東夷都聞風喪膽的人物，竟被胡彧斬殺了，高句麗人短時間內必然會人人都感到害怕。」

整個大帳裡，除了高飛、胡彧和軍醫外，尚有司馬朗、王文君兩個人，兩人異口同聲地道：「胡將軍驍勇善戰，確實是一員不可多得的大將。若非主公指揮有方，胡將軍也不會建立如此奇功。」

高飛笑道：「軍醫，我看胡彧短時間內不會清醒，既然他沒有什麼大礙了，你也不必留在這裡了，去照看其他的傷者吧。」

軍醫「諾」了聲，轉身走出了大帳。

高飛扭頭望著王文君，問道：「我聽說你們在渡河進攻高句麗的時候，胡彧殺了麻強的弟弟是嗎？」

王文君點點頭：「麻強的弟弟也是一個有名的惡漢，我們剛剛渡過江時，麻強的弟弟便率兵襲擊了我們，是胡將軍指揮有方，才穩定了軍心，並且親手斬殺了麻強的弟弟。所以麻強對胡將軍很怨恨，剛才在戰場上，麻強曾經放冷箭要殺胡將軍，幸虧沒有得逞，反而送了自己的性命。」

高飛道：「麻強兄弟算是整個高句麗裡最為驍勇的人了，居然全部死在胡彧的手裡，也不枉來人世間走一遭了。等高句麗投降之後，我想胡彧應該可以留在東夷進行鎮守，以便穩定整個東夷。」

司馬朗道：「主公高見。只是……高句麗的國內城十分堅固，城中的糧秣也很充足，我軍雖然將國內城全部包圍起來，但是高句麗人未必會肯投降，屬下認為，應該趁著高句麗人現在喪膽的時候，加緊打造攻城器械，以備不時之需。」

高飛笑道：「不用，經過這一仗後，高句麗人十天半個月內不會出城，但是他們一定會投降，我已經讓許攸去做準備了，不出三天，高句麗王必然會是一個年輕的俊才擔任。」

王文君尋思了一下，問道：「主公說的可是高句麗的小王子伊夷模嗎？」

「正是此人，我已經定好了計策，這幾天你們兩個好好的管好錢糧，並且保持和扶餘人的聯繫，我可不想呼仇台那邊出現什麼岔子。」高飛自信地道。

王文君道：「啟稟主公，如果主公對扶餘人不放心的話，不如讓屬下去一趟呼仇台那裡吧，幫助扶餘人做好防備工作。」

高飛覺得這個提議不錯，便道：「好，那我就派你去到呼仇台那裡，如果高句麗人投降了，我就會派人前去通知你們撤圍。」

「諾！」

中午很熱，天上一片雲彩也沒有。太陽一動不動地高懸在當頂，燒灼著青草。一絲風也沒有，空氣不動地凝滯著，水面沒有一絲漣漪，打不破的寂靜籠罩著四野和國內城，彷彿萬物都死盡了。

城外幹了大半天活的漢軍士兵也都暫時停了下來，三五成群地圍坐在附近的樹蔭下面，一些士兵負責放哨，其餘的人都坐了下來，豎起耳朵聆聽著他們的將軍所講的故事，不時傳來一兩聲哄笑，讓樹林裡的氣氛變得十分祥和。

「好了，該說的也說了，該笑的也笑了，你們休息一會兒之後，可都要給老夫好好的幹，爭取到今天日落的時候把深溝給我挖好，把土牆構築起來。」黃忠背靠著樹，和顏說道。

「將軍，再講一個故事吧，剛才還沒聽過癮呢，那孫悟空後來怎麼樣了？」一個士兵央求道。

「對啊對啊，孫悟空被太上老君放進煉丹爐裡面到底死沒死啊，將軍每次只講那麼一點點，聽得屬下一直很揪心。現在天熱，將軍就再多講一點吧？」另一個士兵附和道。

一時間，其餘的士兵也開始起鬨，一致要求黃忠繼續講下去，寧靜的田野迅速被一片噪雜聲給打破了。

黃忠只是和藹的笑著，心裡頗有幾分成就感，孫悟空的故事還是他在薊城的時候，和管亥切磋武藝時聽管亥講的，結果他一聽就入迷了，所以他常常拉著管亥，借切磋武藝為名，讓管亥給他講孫悟空大鬧天宮的故事。他聽完，便將這個故事再講給他的部下聽。

此時，黃忠見眾多士兵都央求著他再多講一點，他只是一味的搖頭，習慣性地捋了捋鬍子，笑道：「好了好了，今天就到此為止吧，人不能太貪心，知足者常樂。至於孫悟空到底死沒死，要知後事如何，還聽老夫下回分解。都散了，都散了，等你們下午完成老夫交給你們的任務之後，老夫就一次將故事講完，怎麼樣？」

眾多士兵對面前的老將軍都敬愛有加，不再多說什麼，紛紛散開，將隨身攜帶的乾糧和水拿出來，進行午餐。

黃忠取出一個水囊，抬頭看了看掛在天空中的太陽，自言自語地道：「這才四月的天，正是草長鶯飛的時候，為什麼會這麼熱，難道今年又將是一個大旱之年嗎？」

他搖了搖頭，也搞不懂天文氣象，索性咕嘟咕嘟的喝起水囊裡的水來。一口涼水下肚，頓時讓他覺得很舒服，靠著大樹，將雙腿併攏伸直，緩緩地閉上眼睛，想進行一番小憩，然後迎接下午的體力活。

「黃老將軍好雅致啊……」

剛剛閉上眼睛沒多久的黃忠，耳邊聽到一個聲音，緩緩地睜開眼睛，看見許攸站在自己的身邊，便站了起來，用雙手拍打了一下身上的灰塵，問道：「原來是許參軍啊，不知道……」

「是軍師，不是參軍！」許攸的臉上現出一絲不爽，打斷了黃忠將要說的話，「主公任命我為討伐高句麗大軍的軍師，你應該叫我軍師才對！」

黃忠的性格很敦厚，頗有長者之風，也不愛和人計較，見許攸拿著雞毛當令箭，便附和道：「哦，許軍師，可是主公讓你來找我嗎？」

許攸點點頭道：「正是。黃老將軍，還請你跟我來，我有要事要和你們商量。」

「你們？」黃忠不解地問道，「還有誰？」

「還有徐晃、魏延、陳到這三位將軍，如今他們三個都聚在了一起，我是專門來請黃老將軍的。」許攸答道。

黃忠也不多問，知道許攸是跟在高飛身邊的智囊，參贊一切軍政事情，又是這支討伐軍的軍師，他也不好怠慢，便點了點頭，跟著許攸走了。

許攸帶著黃忠來到一片開闊的樹林裡，林子周邊有十幾個士兵把守，徐晃、魏延、陳到三個人坐在林子裡的樹蔭下，看到許攸和黃忠到來，便都站了起來，相互寒暄了一陣。

五人坐定之後，性格直爽的魏延便朗聲道：「許參軍……」

「是軍師，我跟你說過多少遍了，我現在是軍師，是這支軍隊的軍師，是主公親自任命的軍師，不是參軍！」許攸對稱謂很在意，聽魏延又喊他參軍，微怒道。

魏延急忙改口道：「好好好，許軍師，你叫我們到這裡來，到底有什麼事？」

許攸面帶喜悅，眉眼揚起，一副得意洋洋的樣子，道：「主公有令，讓四位將軍在以後的三天內務必聽從我的調遣，共同謀劃國內城的事情。」

黃忠、徐晃、魏延、陳到四人面面相覷，不知道高飛為什麼會這樣做，可是軍令如山，又是高飛親自下達的命令，就不能違抗命令了。

「軍師，是不是有什麼大事要發生了？」徐晃的目光中透出一絲光芒，問道。

許攸笑道：「此事說大也大，說小也小，就是不知道四位將軍可否盡心盡力的配合我完成此事呢？」

黃忠道：「既然是主公的命令，那我們就應該竭盡全力。許軍師，有什麼話，就請快說吧！」

許攸嘿嘿笑了笑，緩緩地道：「主公有令，讓我在這三天之內不斷的騷擾國內城裡的高句麗百姓，並且讓四位將軍這三天要聽從我的指揮，所以你們要服從我的調遣。」

「嗯……這個是自然，我們都會聽從軍師的調遣。只是，不知道軍師要我們去做什麼事？」陳到道。

許攸從身邊的地上撿起一根小樹枝，然後在地上畫了一個類似月牙形狀的弧線，又對弧線後面進行了一番修飾，不一會兒，一個城防圖便被畫了出來。他指著地上的圖畫問道：「你們有誰知道我畫的是什麼圖？」

黃忠見多識廣，一眼便看了出來，朗聲答道：「這圖應該是城防圖吧，而且這座城池就在我們身後。」

魏延、陳到一起扭頭看去，又看了看地上城防圖，臉上浮現出一絲驚奇，異口同聲地道：「軍師，主公是不是讓我們去進攻國內城？」

許攸搖搖頭：「不是進攻，是佯攻。」

他從地上撿起四顆小石子，分別在不同的四個方位上放下了一顆小石子，然後道：「你們看，這是你們集結部隊的地方，從城防圖來看，你們四個相當於將國內城的城牆圍了半圈。所以這件事由你們四個來做最好不過了。」

「佯攻？為什麼是佯攻？胡彧、文聘、褚燕他們早上不是和高句麗人在城門外面激戰，這會兒怎麼讓我們佯攻了？難道主公不想攻取國內城了嗎？」魏延不解地道。

許攸道：「主公想不戰而屈人之兵，我也正是為了此事而來。只要我們日夜不停的從四面八方對國內城做出一番攻擊的姿態，讓高句麗人疲於奔命就可以了，其他的事情就交給我來做了。」

文聘問道：「軍師，那我們應該怎麼做呢？」

「很簡單，**只需要聲東擊西就可以了**，表面上佯攻北方，實際上可以從另外一側展開攻擊，讓高句麗人摸不清我們是在那邊，讓他們守城的部隊疲於奔命。」許攸回答道。

「嗯，佯攻之計確實不錯。可是我們要是佯攻的話，就必須做出個樣子來，沒有雲梯、井闌等攻城器械，我們根本無法向讓敵人相信我們是在展開攻擊。」黃忠糾結道。

許攸笑道：「這個問題我早已經想好了，所以我們要在夜間展開攻擊，我也讓人製作了一些雲梯，只要裝裝樣子就可以了。不過，**既然是佯攻，就一定要做到三分實，七分虛，讓其實中帶虛，虛中帶實。**」

「軍師，既然主公把這麼重要的任務交給你了，那麼你就一定有好主意，就請吩咐吧，我們必定會遵照軍師的意思去辦的。」徐晃朝在座的人拱了拱手道。

許攸很喜歡徐晃的性格，當即道：「陳將軍、魏將軍、黃將軍，你們覺得徐將軍的話你們能夠接受嗎？」

魏延、陳到都是和黃忠關係很鐵的人，一聽到許攸問話，立刻將目光移到黃忠的身上，只要黃忠答應，他們就答應。

黃忠想都沒想便道：「軍師有什麼事儘管吩咐吧，我們必然會盡力去做好的。」

許攸道：「好，那從今晚開始，你們四個人各自帶領兩千名部下，每隔半個時辰就佯攻一次國內城，白天的時候輪番挑釁。」

黃忠、魏延、陳到、徐晃四個人都點了點頭，表示贊同。

許攸隨即又交代了一些細節上的東西，便各自散去，張羅著晚上的佯攻去了。

夕陽西下，暮色四合，黃忠、徐晃、魏延、陳到帶著部下，全副武裝藏匿在國內城外的樹林或者草叢裡，只等著夜幕降臨。

不多時，夜幕便給大地籠罩上一層黑暗，沒有月亮，也看不見繁星，有的只是天空中陰霾的烏雲，籠罩在國內城的上空，給即將行動的漢軍士兵帶來了極大的便利。

密林裡，黃忠看了看周圍的士兵，見士兵的臉上都帶著興奮，便道：「你們是不是很期待？」

士兵都點點頭，白天胡彧帶領兩千步兵打敗了高句麗的消息，已經在整個漢軍的大營裡傳開了，所有人都卯足了勁，也準備和高句麗人大幹一場。

黃忠只笑了笑，並沒有說話，斜靠在一棵樹上，用手愛撫著他的那口鳳嘴刀，目光中露出一絲凶光。

「將軍，時候到了。」站在黃忠身邊的一個軍司馬看了看天色，提醒道。

黃忠「嗯」了一聲，站直身子，朗聲道：「所有人都跟我一起衝過去，把你們吃奶的勁都使出來，給我大聲地喊，喊得越大聲越好，要讓城裡的那幫高句麗的兔崽子們趕到害怕！」

「諾！」

「進攻！」黃忠提著鳳嘴刀，將鳳嘴刀向前一招，第一個便衝了上去。

其餘早已經準備好的士兵也都跟著黃忠朝國內城衝了過去，一經出了樹林，士兵都打出了旗幟，開始搖旗吶喊。

國內城的城牆上，負責站崗的高句麗士兵正在打盹，忽然聽見黑暗中傳來巨大的喊聲，立刻驚醒過來，朝城下眺望了一眼，便見有無數的士兵從黑暗中殺了出來，他們立刻變得十分的警覺，手持弓箭，滿弓待射，並且立刻通知他們的上司。

高句麗的王宮裡，伯固的寢宮裡燈火通明。

平常這個時候，伯固是早早就睡下的，可是今天不同，今天是不平凡的一天，他的心腹大將麻強被人斬殺了，這個打擊對他太大了，以至於讓他一閉上眼睛，便能看見麻強那張血淋淋的臉。

伯固喝著悶酒，腦海中浮現出來的人影都是已經死去的人，他的長子拔奇，弟弟仲羽，還有麻強、優居、然人等文武大臣，他不知道為什麼會在這個時候看到這幾個已經死去的人，只感覺這幾個人在他的面前晃動，一個個鮮血淋淋的站在他的面前，伸出那同樣血淋淋的手在召喚他，召喚他向死神一步步逼近。

「不好了，大王，漢軍開始攻城了！」一個皂衣使者從寢宮外面慌張的闖了進來，大驚失色地喊道。

聲音將伯固帶回到現實中，他看見自己的周圍站著十幾個男女侍從，一個皂衣使者半跪在地上，臉上帶著驚恐。

他的臉紅通通的，眼神也有點恍惚，支吾地道：「你……你剛才說什麼？誰來了？」

「漢軍……是漢軍來了，大王，漢軍正在進攻城池，一會兒在這邊，一會兒在那邊，弄得守城的士兵都搞不清楚漢軍到底在哪裡了，相加大人派我來請大王親自登城督戰。」

「可惡的漢軍……看我不親自率領大軍擊垮你們……」伯固站了起來，東倒西歪地朝殿外走去，推開了前來扶他的侍從。

「砰」的一聲悶響，伯固在經過大殿的門檻時，一個步子沒有邁好，踉蹌著摔倒在地上，發出一聲痛叫之後，身體竟然在地上向前滾了好幾步路。他肥胖的身軀翻滾時就像是一個皮球，額頭、膝蓋、胳膊肘上都是傷痕。

「哎呦，痛死我了，是誰敢這樣給我使絆子，本王定要斬殺他全家……」

伯固被侍從扶了起來之後，嘴裡恨恨地說著，當他一眼看見那名皂衣使者的時候，便指著那人道：「是你……一定是你剛才絆了本王一下，來人啊，給我拉出去砍了！」

「大王……不是我，我是冤枉的啊，是大王自己不小心……不關我的事啊，請大王饒命！」皂衣使者跪在地上，臉上現出驚恐，急忙辯解道。

伯固正在氣頭上，可管不了究竟是怎麼回事，直接下令將皂衣使者處死，可憐那皂衣使者便成了刀下亡魂。

手起刀落，伯固殺了皂衣使者之後，一名穿著華麗的中年漢子便走了進來，看到這一幕後，臉上浮現出恐懼之色，隨即便恢復了平靜，直接走到伯固的面前，參拜道：「參見大王，漢軍已經開始攻城了，四面八方都有，我搞不清楚敵人到底有多少，特來請大王親臨城門指揮。」

伯固道：「讓城中所有的士兵……哎呦……」

「大王，你怎麼了？」

來的這個人是高句麗的相加，就是丞相的官職，他見伯固齜牙咧嘴的，頭上還有一處淤青，急忙問道。

「大王剛才摔倒了……」一個侍從答道，卻不敢再說下面的話。

相加聞到伯固身上一身酒氣，心想伯固已經喝醉了，又怎麼能指揮戰鬥呢。於是，他壯著膽子道：「大王的身體重要，可如今漢軍攻城虛虛實實，屬下也弄不清漢軍主力到底在何處，屬下斗膽請求大王放出伊夷模王子，讓小王子登城指揮戰鬥……」

伯固一向聽從相加的話，見相加主動提出來，便點點頭道：「一切就拜託相加大人了，快去放出伊夷模，讓他登城指揮戰鬥。」

相加道：「諾！」

與此同時，國內城城外，高飛帶著許攸、司馬朗、歐陽茵櫻三個人登上瞭望樓，注視著前方不遠處的國內城，問道：「軍師的計策倒是很高明，現在高句麗人已經被弄得暈頭轉向了。」

許攸道：「主公，屬下以為，打鐵趁熱，如果這個時候能夠增加兵力，集中一點進行攻城的話，今夜必然能夠攻克國內城。」

高飛道：「這個我自然知道，可是這不是我要的結果，我想要的是不費一兵一卒，便能讓高句麗人投降。」

「主公仁心宅厚，若能就此降服高句麗人，整個東夷莫敢所向。」司馬朗趁機拍起了高飛的馬屁。

許攸狠狠地瞪了司馬朗一眼，心中暗想道：「你這個黃毛小子，平常不怎麼說話，關鍵時刻卻拍起了主公的馬屁來……」

高飛一心注視著前方的形勢，見黃忠、徐晃、魏延、陳到四支軍隊配合默契，這邊進攻，那邊撤退，那邊一撤退，另外一邊又及時開始進攻，將進行防守的高句麗人弄得暈頭轉向，城內的增援兵力也累得氣喘吁吁，不知道該向哪個方向進行增援了。

又過了好一會兒，被放出來的伊夷模便登上城樓，詢問了一番守城的士兵後，心中便有了計議，當即對站在他身邊的相加道：

**「相加大人，請即刻下令所有的士兵放下防備，漢軍這是在佯攻，意在讓我們疲憊，實際上是一種騷擾策略。」**

相加是高句麗的智者，可是和受過漢文化薰陶的伊夷模比起來，智力就顯得低下了。他聽完伊夷模的話後，仔細尋思一下，覺得伊夷模分析的很有道理，於是轉身對身後的幾名皂衣使者道：「傳令全軍，原地待命！」

「另外……讓士兵打開城門！」伊夷模補充道。

「打……打開城門？」相加感到很驚奇，急忙道：「王子殿下，這……這恐怕不妥吧？」

伊夷模道：「相加大人，你是我高句麗的智者，**正所謂智者見智，難道你還看不清楚現在高句麗所面臨的形勢嗎？**自從高飛到了幽州之後，整個東北的局勢就變了，先是烏桓歸附了高飛，後是他執掌幽州，接著鮮卑、扶餘都和高飛交好，我們高句麗的時代已經不再了，國中的百姓也渴求一個和平的時段，父王和先祖們征戰的時代已經結束了，我們應該順應民心，成為大勢所趨之下的順應者，只有這樣，我們高句麗人才能得以保全。」

相加也是個聰明人，自然聽得出伊夷模的話外之音，試探性地問道：「王子殿下，你是想開城投降？」

伊夷模點點頭：「投降是高句麗現在唯一的出路，或許高句麗國不會再存在了，但是高句麗的百姓還依然健在。我聽人說高飛有一顆極大的包容心，如果我們高句麗能夠順應大勢，他必然會給予我們高句麗人一塊賴以生存的土地。」

相加聽完伊夷模的話後，輕輕地嘆了一口氣，問道：「難道沒有別的辦法了嗎？**高句麗可是我們先輩多少代努力的結果啊，難道就這樣向漢人屈服了嗎，彪悍、善戰、驍勇的高句麗人，就要這樣結束了嗎？**」

「結束了，**只有順應時勢的人，才能得以長久**，我們和大漢之間百餘年的征戰也該畫上一個圓滿的句號了。」伊夷模語重心長地說道。

相加道：「可是大王……」

「父王一生殘暴，他能有這樣的一個結局，也是對他的一種福氣。」伊夷模扭頭看著相加，輕聲說道，「相加大人，打開城門，開城投降吧！」

相加無奈地道：「諾！」

這是一個明媚清新的早晨，細小的雲片在淺藍明淨的天空裡泛起小小的白浪，晶瑩的露珠一滴一滴地撒在草莖和樹葉上，潤濕的黑土地上已經看不見昨夜混亂的痕跡，國內城的城牆上，插滿了「高」字大旗，漢軍的士兵筆直地站在城樓上，顯得是那樣的威武。

王宮裡，高飛端坐在高句麗王的寶座上，看著這座氣派宏偉的大殿，倒是比他在薊城的州牧府豪華不知道多少倍了。

「帶伯固！」高飛環視一圈金碧輝煌的大殿，正色喊道。

聲音一落，但見兩名壯漢推搡著伯固走進了大殿，大殿的兩邊站滿了人，都瞪著一雙眼睛看著那肥胖身軀的伯固，有的眼神裡更是充滿了仇恨。

「你就是伯固？」

高飛看了一眼伯固，話語中帶著輕蔑的意思，他本以為高句麗王是粗獷有型的壯漢，哪想到只是一個渾身是傷的胖子。

伯固已經淪為階下囚，環視一圈大殿內站著的人，除了看到高飛帶來的漢人外，還看見扶餘人以及伊夷模等幾個高句麗人。他冷哼一聲道：「本王就是伯固，我要是知道是哪個兔崽子打開了城門，我做鬼也不會放過他的。」

「父親，打開城門的人是我！」伊夷模挺身而出，毫不掩飾的道。

伯固大吃了一驚，萬萬沒想到伊夷模會公然叛變，他氣得臉紅脖子粗，指著伊夷模氣得說不出話來。

「這是大勢所趨，我們不能夠違背大勢，不管你心裡怎麼看我，我只想讓你知道，我這樣做，一切都是為了保全我們高句麗人。」說完，伊夷模便退回原位，再也不說半句話。

「伯固！你應該慶幸你有這麼好的一個兒子，如果不是伊夷模的話，此刻的國內城恐怕會掀起一番腥風血雨。」高飛朗聲道。

伯固垂頭喪氣地站在那裡，眼睛不時瞥向和伊夷模站在一起的高句麗其他四個部族的古雛加，以及他最信賴的相加。

良久之後，他長嘆了口氣，抬起頭望著高飛，用漢人的禮節拜道：「既然我已經成為高將軍的階下之囚，我也沒有什麼好說的了，現在唯一的希望就是但求一死。」

「好，我成全你，我會給你留個全屍的。」

高飛的目光斜視到伊夷模的身上，見伊夷模一臉冷漠，似乎對自己父親的生死並不關心，便問道：「伊夷模，伯固是你的親生父親，你難道就不替他求情嗎？」

伊夷模抱拳道：「伯固一生殘暴，能夠有個全屍，已經是將軍給的最大榮幸了，更何況伯固的所做所為，也唯有死亡才能夠贖罪。」

「好一個深明大義的伊夷模，那我就不多問了。來人，將伯固帶下去，明日行刑！」

「諾！」

士兵將伯固帶了下去，伯固卻哈哈大笑個不停，他的笑聲裡帶著幾分嘲諷，而他所嘲諷的對象就是他自己。

大殿內再次恢復了平靜，高飛端坐在寶座上，朗聲道：「如今戰事已了，剩下的就是戰後的事情了，高句麗已經徹底投降，此後高句麗的領土全部併入幽州，接受幽州的直接管制，**從此以後，高句麗也不能以國自稱**，只能作為一個部族存在，**百姓也全部併入到幽州，和漢人的百姓一樣享受平等的權益**。以我看，**高句麗就更名為高麗族吧**，伊夷模王子，各位古雛加，你們覺得？」

伊夷模早在投降之初便預料到會有這種結果，他沒有任何意見，而其他幾位古雛加基本上也沒有什麼意見，都異口同聲地道：「謹遵將軍吩咐。」

「不行不行……」

呼仇台突然站了出來，大叫道：「這不公平，這次討伐高句麗，我們扶餘人也有份，將軍應該把高句麗以前搶奪我們的遼山一帶的土地歸還給我們。」

高飛見呼仇台向他索要領土，心中便很是不爽。這一路上，扶餘人基本上沒參加戰鬥，都是給他壯聲勢的，一讓呼仇台帶兵上陣，呼仇台便因為害怕高句麗人而推脫，所以高飛對呼仇台十分嗤之以鼻。

他心中不爽，臉上卻是很和藹，笑道：「這件事好說，只是不知道遼山一帶是幾時被高句麗給奪過去的？」

呼仇台想都沒想，張嘴便答道：「大約十年前……」

「哦，都已經過去那麼久了，而且十年之中，似乎你們也沒有向高句麗討要吧？我這裡有一份高句麗的地圖，地圖上清清楚楚地顯示著遼山一帶是高句麗人的領土。現在高句麗人向我投降，請求歸附，那領土自然就全部歸我所有。不過，我不會讓你們白來一趟的，我已經讓人準備好了三車禮物，希望你回去帶給扶餘王，也算是我對你們扶餘出兵相助的一份答謝。」

呼仇台一聽說有禮物，整個人變得喜出望外，他這次帶兵來，是受到身為扶餘王的哥哥的命令，就是儘量避免傷亡，不許隨便迎敵。

他驚喜地道：「我先替我家大王謝過將軍了，以後將軍若是還有什麼用得著我們的地方，我們必然會從旁協助的。」

高飛很清楚呼仇台的想法，呼仇台根本沒把心思放在什麼狗屁領土上，區區遼山一帶，他們早就不在意了，對他們扶餘來說，現有的土地都讓他們的百姓難以完全居住，實在是地廣人稀，只不過是想從中撈取些好處罷了。

之後高飛又和呼仇台說了一番客套話，便讓卞喜先行送呼仇台離開，並且附贈上三車銀子。另外，高飛讓司馬朗、陳到、文聘一起去安排伊夷模和諸位高句麗人的進行交接工作，大廳內一下子便空了許多。

「主公，如今高麗投降了，我們是繼續留在這裡，還是撤兵回薊城？」

黃忠對孫悟空的故事魂牽夢繞，希望儘快回去聽管亥講故事，卻不知道管亥所講的故事其實是來自於高飛。

高飛道：「不急，善後的事一定要做好，我要將高麗人的五個部族分別遷徙到五個不同的地方，這件事還要由你們去監督完成，等完成了這些善後的事，我們就回薊城。」

「也不知道孫悟空被壓在五指山下後，事情會有什麼發展……」黃忠心裡牽掛道。

# 第六章

# 偷心賊

她從小就背負著家族的命運，不得不以男兒身示人，直到來了薊城，她的心弦卻被一個叫高飛的男人撥動著，公輸菲望著東北方的燕侯府，眼裡閃著晶瑩的淚光，幾欲掉落下來：「高子羽，你這個大壞蛋，你這個偷心賊……」

散會後，高飛和眾人一起忙著善後的事，並且將高麗的四個部族全部進行了一番統計，然後派遣黃忠、徐晃、魏延、褚燕各自帶著兩千士兵護送高麗人離開國內城，遠赴雲州，讓這些熟悉山林的高麗人去過草原生活，並且接受張郃的直接管轄。

高飛還特意留下了伊夷模和他的桂婁部，讓他們繼續待在國內城，並且選拔伊夷模擔任城主。

同時，為了做到萬無一失，高飛特地留下了正在養傷的胡彧，讓熟悉東夷人生活習慣的他擔任安東將軍之職，並且讓王文君、伊夷模輔佐胡彧，又命令白宇、施傑、李玉林、孫輕等人作為他的部將。

這些善後的事情都需要高飛親自處理，不知不覺便在國內城度過了半個月。這半個月的時間裡，得知高麗正式依附高飛的東夷人，紛紛派遣使節前來和高飛進行聯絡，獻上珍貴的禮物，作為通好的象徵。

高飛直接拒絕了這些東夷人示好的禮物，並且明確地告訴他們的使者，要麼向他臣服，徹底併入幽州境內，要麼他就兵臨城下。

態度堅決的高飛立刻引來東夷人的人人自危，**北沃沮、東沃沮、挹婁這些原本附屬於高句麗的小邦紛紛表示願意接受高飛的建議，將領土徹底併入幽州。**

除此之外，一直處於分裂狀態的三韓也紛紛向高飛表示依附，如此一來，整個朝鮮半島和東北的大片土地上的少數民族，除了扶餘外，全部歸附於高飛，並且表示願意將土地併入大漢的幽州治下，接受幽州牧的統治。

於是，**高飛在朝鮮半島增設了韓城郡，將三韓之民全部納入韓城郡治下**，讓三韓各個分裂的小國推選出郡縣的官吏，上報給安東將軍胡彧裁決。他將高句麗的原來領土劃成通化郡，**在紇升骨城一帶設立桓仁縣，在國內城一帶設立集安縣，在遼山一帶設立海龍縣。**

此外，**增設渾江郡，治理高句麗以北和北沃沮的民眾，增設延吉郡，管理在烏蘇里江附近生活的挹婁人，將勢力範圍直接擴展到了松花江和長白山一帶。**

由於挹婁地處偏遠，高飛讓挹婁人在延吉郡實行自治，自行設立各縣，並且讓這些久居於山林之間的挹婁人自己建造城池。

一個月後，所有的善後工作都已經做完，高飛只帶著飛羽軍的將士班師回薊城，而將整個東北託付給胡彧，並且特地派人從薊城要來一批擅長內政的儒生，給胡彧擔任各縣縣長。

由此，整個東夷被全部平定，東北局勢暫時恢復了平靜，高飛也在六月底帶著疲憊的軍隊回到了薊城，並且對所有參加東夷之戰的將士進行了封賞，整個幽州徹底平靜下來。

薊城的東門外，賈詡帶領薊城的各級文武列隊歡迎高飛歸來，炎炎夏日之下，所有人的衣衫都被汗濕了，可他們還在翹首以盼，遙望東方的官道，期待著能夠看到近三個月沒有見到的主公。

高飛於三月底帶領軍隊趕赴東北，在六月底回來，一別三月，終於使得幽州的大後方恢復平靜，雖然扶餘國還存在，但是面對如日中天的高飛，也只能作為附屬國依附著高飛，在高飛的庇護下得以免受鮮卑人的鐵蹄踐踏。

賈詡皺著眉頭，一臉的陰鬱，這三個月來說長不長，說短也不短，面對屯兵在冀州渤海郡虎視眈眈的公孫瓚，以及冀州牧袁紹的咄咄逼人，為了解決這些挑釁的事情費了不少腦力。

地平線上騰起一層熱浪，賈詡的雙眼也有些迷離了，他站在烈日底下一動不動，堅定的信心支撐著他的身體。

「軍師，站在這裡差不多有一個多時辰了，你是不是到路邊的樹蔭下休息一下？」高林站在賈詡的身後，小聲問道。

「不用了，主公就快回來了，我怎麼能讓主公看見我失禮呢？」賈詡沒有回頭，蠕動了一下將要乾裂的嘴脣，緩緩地道：「范陽、天津還沒有消息傳來嗎？」

高林道：「暫時沒有。太史慈、荀諶已經帶兵去天津了，管亥、周倉、郭嘉也帶著軍隊去范陽了，相信應該不會有什麼問題，更何況盧橫、廖化都是主公親點的大將，必然能夠看清形勢的。」

賈詡道：「話雖如此，但是袁紹帳下謀士眾多，既然他想對幽州下手，就一定會不斷製造摩擦，這一個月可難為盧橫和廖化了，兩座重鎮剛剛新建完畢，又地處和冀州的交界處，民心肯定會有些浮動，對我軍極為不利。但只要主公一回來，必然能夠威懾住袁紹，再為幽州構建一段和平的日子，只有這樣，幽州才可能在實力上翻上一倍。」

聽完賈詡的這番話，高林的心中也燃起了鬥志，暗暗想道：「主公說得沒錯，賈詡確實是一個值得託付的人，主公走的這三個月時間裡，幽州變化很大，這一切都得利於賈詡的功勞，真是一個良相啊。」

遠處傳來一陣清脆的馬蹄聲，地平線上騰起的熱浪裡，浮現出高飛精壯的身影，後面則是層出不窮的漢軍騎兵，一隊隊排列整齊的騎兵隊伍正緩緩地驅馬向薊城走來。

「終於回來了……」

賈詡緊皺著的眉頭終於鬆弛下來，臉上也揚起喜悅，將手高高抬起，大聲喊道，「奏樂！」

頂受不住烈日煎熬的鼓吹隊，紛紛從路旁的樹蔭下走了出來，先行排列成隊形，接著開始吹奏著得勝歸來的歡快樂曲，使得沉悶的天氣也變得歡快起來。

賈詡帶著高林、士孫瑞等在薊城的文武官員，一起向前迎接高飛的歸來，同時參拜道：「屬下等恭迎主公凱旋歸來！」

高飛騎著一匹駿馬，看了一下前來迎接的文武官員，發現少了不少本來應該在薊城的人。他翻身下馬，徑直走到賈詡的面前，親自將賈詡給攙扶了起來，並且拉著賈詡的手並肩向著城中走去。

三個月的時間裡，薊城的擴建工作已經全部完成，如今擺在高飛和凱旋歸來的士兵面前的，是一座巍峨的巨大城池，筆直的水泥鋪就的寬闊街道，巨大的城門，以及各種各樣的建築設施，還有在城門口前來圍觀的百姓，一切都發生了很大的變化。

「軍師，這三個月辛苦你了，如此大的一座城池，沒有想到會在短短的三個月內就完工了，真是太讓我吃驚了。」高飛邊走邊對薊城發出感慨。

賈詡道：「屬下不敢貪功，這個功勞都是士孫瑞的，屬下只不過是推波助瀾而已。」

「嗯，我都聽卞喜說了，你為了加快建造的工程，不惜動用了十五萬民夫一起來修建此城，如果不是因為人數多的話，怎麼可能會在短短的三個月內完成如此浩大的工程呢，軍師就不要謙虛了。」

賈詡也不再客氣，話音一轉，對高飛低聲說道：「主公走的這三個月的時間裡，中原的局勢發生了巨變……」

「對了，曹操攻打徐州到底有什麼結果？」

高飛聽賈詡說起中原，便立刻想起他之所以去討伐高句麗、平定東夷，完全是因為曹操兵發徐州的緣故，此時剛好想迫切的知道中原局勢，便打斷了賈詡的話。

「啟稟主公，曹操打著為父報仇的旗號，率領大軍直撲徐州，一路上燒殺搶掠，屠殺徐州百姓幾十萬，弄得徐州成為陰魂聚集的地方。後來陶謙突然暴病身亡，劉備便繼任了徐州牧，本來想和曹操議和，哪知道曹操根本不領情，兵鋒依然指向了徐州。兩軍在小沛進行了一個月的戰爭，最後以劉備的失敗而告終，**徐州便就此落入了曹操之手，而劉備則帶領殘部投靠袁紹去了。**」

「投靠袁紹？劉大耳朵投靠袁紹了？」高飛驚訝地道。

賈詡點點頭道：「是的主公，劉備帶著殘餘的三千士兵被曹操打敗以後，本想南入淮南投靠袁術，卻遭到曹操的堵截。道路不通之下，劉備只能投靠已經占領青州的袁紹以尋求庇護。」

高飛皺起了眉頭，**他深深地感到袁紹的實力，公孫瓚、劉備的加入，必然會使得袁紹的野心膨脹。**公孫瓚、劉備都是幽州人，他和公孫瓚還處於敵對階段，還曾經拒劉備絕救援徐州，**如果這三個人同心協力，一起窺視幽州的話，那幽州將會陷入危險。**

賈詡見高飛陷入沉思，又說道：「最近一個月來，范陽、天津兩地時常會出現一些可疑的人在不停收集幽州的情況。在得知主公去平定東夷的時候，袁紹軍的顏良曾經率部突入了范陽境內，若非盧橫看破了袁紹的挑釁，加以化解的話，只怕這一個月來，好不容易穩定下來的幽州會再次陷入兵荒馬亂之中。」

高飛什麼話都沒有說，只是皺著眉頭，和賈詡並肩走在新建成的街道上，身後跟著凱旋而歸的士兵和前來迎接的文武官員。

一進入薊城，薊城的百姓都站在街道的兩旁夾道歡迎，擴建後的薊城吸引了不少百姓，逐漸充實了薊城的人口。

面對百姓的歡呼，百官的朝賀，高飛的內心依然是平靜的，只是必要的做了一下擺手的動作，給予百姓微笑，僅此而已。

不知不覺，高飛竟然和賈詡一路步行到了內城。

內城就是原來的薊城，在整個擴建後的薊城裡，獨立成為了一座小城，分明是一座城中城，而且經過一番修葺，原本殘破的內城如今展現在眾人面前的是一座煥然一新的城池，就連城門上的字也更換了，換成蒼勁有力的兩個大字——**燕國**。

高飛看到燕城時，臉上浮現出一絲驚喜，之後便煙消雲散，換來的是無盡的惆悵。

「主公身為燕侯，統領所有古燕國的土地，甚至連東夷都臣服在了主公治下，紛紛率土歸降，這是前所未有的功績，身為數百萬民眾的統治者，如果不開國的話，很難使眾人信服。」賈詡解釋道。

「受封為趙侯的袁紹，在冀州開國了嗎？」高飛問道。

賈詡道：「袁紹那種人，一受封為趙侯之後，便立刻將鄴城定為都城，並且設立趙國，統領整個冀州，非但如此，**天下很可能會呈現出先秦諸國紛爭的局面……**」

「諸國紛爭？此話怎講？」高飛突然來了興趣，直接問道。

賈詡解釋道：「主公走的這三個月裡，天下沒少變動。馬騰為了籠絡關東諸侯的心，不惜大肆封侯，而且所封的侯都是可以統領地方，成為一方霸主的古國侯。呂布受封為晉侯，劉表受封為楚侯，孫堅受封為吳侯，曹操受封為魏侯，袁術受封為宋侯，劉焉受封為蜀侯，加上主公的燕侯、袁紹的趙侯、以及馬騰的涼侯，天下就有九個古國侯，而且各個受封為古國侯的人都紛紛開國，如此一來，就呈現出九國紛爭的局面。」

（作者注：所謂的古國侯，就是指齊、楚、燕、韓、趙、魏、秦等這樣的侯國，這樣的侯國統治古代侯國的土地，若發展強大了，還可以晉升為王，這就是和一些郡侯、縣侯、亭侯不同的地方。）

「唉！」高飛重重地嘆了一口氣，道：「**馬騰這是唯恐天下不亂啊**，他這樣大肆封侯，雖然是出於緩解關東諸侯的矛盾，卻將整個大漢王朝推入了萬劫不復的地步，其他侯國的人都會以此為基石，想攀登上九五之尊。」

賈詡道：「馬騰的無心插柳之舉，未嘗不是一件好事，至少這可以說明漢帝在馬騰的手中完全被忽略了，因為他沒有沒有施政的才能，也沒有什麼政治眼光，只注重眼前的利益，不曉得挾天子以令天下的妙用。不過，這樣一來，**對於主公來說，也就可以名正言順的進行爭霸了，再也不用受到大漢聖旨的約束了。**」

「只怕如你這樣想法的人不再少數。**既然事情已經到了這個地步，我也無需再打著拱衛漢室的幌子了，直接開國，既然我是燕侯，那國號就叫燕**，等平定了天下之後，我再取個古人從未有過的國號。」高飛心裡立刻燃起了鬥志，眼睛裡似乎看到了勝利的曙光。

賈詡陰笑道：「屬下已經將所有事情都辦妥了，就等主公此次回來了。主公，我們現在就進燕侯府吧，屬下還有一些重要的政事要和主公商議。」

高飛點了點頭，邁著大步，便走進了薊城的內城。

燕侯府的大廳裡，賈詡向高飛敘述這三個月來在他的管理下的變化，算是一種工作彙報。

高飛聽完了賈詡的工作彙報後，對賈詡處理軍政的效率十分滿意，也從賈詡的口中得知，雲州在張郃、士孫佑的共同努力下，已經成為一個對外開放的商貿重地，那些鮮卑人、匈奴人都會跑到雲州來進行貿易。

士孫佑也在這方面發揮了他們士孫家獨到的經商才能，將廉價的絲綢高價賣給鮮卑人、匈奴人，卻從鮮卑人、匈奴人那裡低價收購馬匹、皮毛，鑌鐵等一些物品。張郃負責整個雲州的安危，還就地招募了一支流散的胡人，將這支約有三千人的胡人訓練成一支在塞外馳騁的游騎兵。

此外，鋼鐵廠的產鋼量也在節節攀升，武器裝備的大量生產，給裝備所有軍隊帶來了可能性。今年百姓還獲得了一次大豐收，賈詡讓人徹底興修水利，鼓勵百姓進行屯田，還鼓勵百姓多多生兒育女。

瞭解到這三個月發生的變化之後，高飛對賈詡也更加信賴了。

「軍師，再過十天，等田豐、荀攸從各郡巡視歸來後，我就開國，由你出任國相之職，你覺得怎麼樣？」

賈詡連忙道：「主公，屬下三個月來處理政務心力交瘁，屬下擅於謀劃大略，國相一職是侯的左右手，替侯處理繁瑣的政務，屬下覺得田豐在處理政務上遠遠高出屬下，更加適合擔任國相之職。」

高飛笑道：「軍師的舉薦我會遵從的，只是如此一來，軍師的官位豈不是要在田豐之下了嗎？」

「只要主公心中將屬下放在首位，官位高低對於屬下來說並不重要，屬下倒是寧願不要官職，只專心在主公身邊輔佐即可。」

「那不成，正所謂名不正則言不順，你身為我智囊團的首席軍師，豈能不要任何官職？」

「那……那就請主公給屬下一個虛職吧，把那些有才能的才俊放在適合他們的位置上，聽說蔡邕又招攬了一批飽學之士。主公為了發展東北，從幽州抽調走了一批人，使得幽州的各個要職變得空缺了，屬下以為此時剛好派上用場。」

高飛道：「那好吧，那就以你的意思，至於虛職嘛，讓我想想，等十天後再決定。」

「諾！」賈詡答道，「那屬下就不打擾主公了，主公一路鞍馬勞頓，還是好好歇息的好。」

「嗯，你去吧，多留意一下冀州方面的動向，密切關注袁紹的一舉一動。」

「是，屬下告退！」

西元一八七年，七月初十。

明媚的仲夏照耀著幽州的大地，天空是如此的明淨，太陽是如此的燦爛。

大概十點鐘的樣子，整個薊城裡萬人空巷，所有的官員、軍隊、百姓都齊聚在薊城南端的一處高臺附近，**幽州牧高飛祭拜天地，告慰神明，正式以大漢所冊封的燕侯爵位開國。**

一切儀式做完之後，高飛便在薊城設下了盛大無比的歡宴，邀請所有薊城的百姓都來參加，並且**將薊城定為燕國的國都**，拜賈詡為軍師將軍，職位在所有將軍之上，拜田豐為國相，其餘文武的官職不變，俸祿卻都提高一個檔次。

燕國即立，高飛便偕同所有部下聯名給在長安的天子上表，**正式以燕國之侯的身分在大漢登記在冊**。

這天，整個薊城裡「燕」字的大旗遮天蔽日，所有的百姓都慶祝高飛建國，高飛也在這天和百姓一起普天同慶。

半個月後，消息傳遍了整個燕國境內，這一個新興的侯國裡，無論是誰都覺得自己像是有了歸宿，對身為燕侯的高飛也有了更多的凝聚力。

北方的鮮卑各部族紛紛派遣使者到薊城表示祝賀，也都表示願意和燕國友好相處，於是北方邊疆上興起了一股貿易狂潮，塞外的雲州也變得相對活躍了起來，成為一個重要的商貿之地。

冀州，鄴城，趙侯府。

「主公，高飛開立燕國，聲勢如日中天，又加上他平定了東夷，緩和了和北方鮮卑人的矛盾，以至於幽州日益穩定，屬下以為此時若不發兵攻打幽州，等以後高飛在幽州徹底站穩了腳跟，那主公後悔就來不及了。」

身為趙侯的袁紹，端坐在侯府的大廳裡，聽到審配的話，點點頭道：「我早有奪取幽州之意，當初就不應該和高飛修好，都怪我聽信了郭嘉那廝的花言巧語，以至於錯失良機。」

審配急忙道：「主公，此時發兵不算太晚，何況當時我們應曹操之邀，東進青州，如今已經擁有兩州之地，如果再攻下了幽州，那整個河北就是主公的天下了，到時候以河北之雄西進並州，坐擁青、並、幽、冀四州之地，天下誰人莫敢不從？」

袁紹對審配的為人很欣賞，對審配的話也聽著比別人舒服，當即問道：「高飛在冀州和幽州的交界處上設立了范陽、天津兩處重鎮，前些日子，太史慈、管亥、周倉等人又帶兵增援了這兩處，如果要進攻幽州的話，一定要先攻下這兩座重鎮，不知道你有什麼建議嗎？」

審配道：「渤海太守公孫瓚一直對高飛占據幽州耿耿於懷，現在雖然依附主公，可是內心裡卻時刻想奪取幽州，而且他對主公來說也是一種障礙。屬下以為，不如讓公孫瓚出兵攻打天津，一方面消耗高飛的兵力，另一方面主公也可以借助高飛的手來剷除公孫瓚，將渤海郡重新收回到自己的懷抱裡。」

「哈哈，好一個**坐山觀虎鬥**，我忍公孫伯珪很久了，本來看他可憐，收留了他，還讓他擔任渤海太守，沒想到他居然將渤海據為己有，名義上是我的部將，實際上卻很少聽我號令。上次進攻青州時，他得到的好處比我還多，實在讓我難以忍受，如果不拔除這個眼中釘，我趙國境內就永遠不得安寧。就照你的意思辦，立刻給公孫瓚寫封書信，告訴公孫瓚，讓他攻打天津。」

「諾！屬下這就……」

「主公不可！」剛剛從外面走進來的沮授聽到最後一句話，趕忙阻止道：「主公，千萬不能做出自損實力的事情啊。」

袁紹見沮授來了，便問道：「哦，是你啊，你說我是在自損實力，這是什麼意思？」

沮授本來就是冀州的別駕，韓馥在位時，他的許多項建議都被韓馥否決了，一直悶悶不樂。後來袁紹勸說韓馥把冀州讓給了自己，又主動向沮授求計，詢問如何治理冀州的韜略，沮授深受感動，便決定為袁紹效力，並且幫助袁紹說服了對袁紹還存在敵意的冀州官員，現在官拜趙國的國相，官職在袁紹所有謀士之上。

「主公，公孫瓚雖然竊據渤海郡，但是他名義上還是依附主公的，雖然對主公的政令多有不從，但是公孫瓚手握三萬大軍，他的白馬義從更是驍勇善戰，是主公可以依賴的一支軍事力量，如果主公不能隱忍一時之不快，用審配之謀，就在無形中斷掉了主公一個臂膀。新來投靠的劉備和公孫瓚是好友，此人勢窮才來投靠，並非真心，雖然擔任信都令，卻和公孫瓚來往不斷。如果主公此時讓公孫瓚去送死，那劉備必然會另謀他處，劉備手下的關羽、張飛兩員大將皆有萬夫不當之勇，以後必然能夠成為主公的兩把利劍。」

袁紹聽完這話，也覺得很有道理，便直接道：「國相言之有理……」

「可是主公，如果不趁著這個時候發兵攻打幽州的話，等以後高飛日益壯大起來，就再難收拾了。」審配又急忙勸道。

袁紹隨即指著審配道：「審配亦言之有理……」

沮授道：「主公，我如今趙國境內帶甲二十萬，兵力達各國之最，主公帳下能征善戰的大將何止千員，若是專注軍事一年，嚴加訓練士卒，一年之後，必然會實力大增。屬下懇求主公要以大局為重，暫時和高飛保持均勢，並且不斷地向高飛示弱，以迷惑高飛。」

「主公，沮授和高飛曾經有過私交，他這樣極力拖延時間，是在為高飛爭取時間，屬下以為，應該儘快出兵才是。」

審配也急了，自從袁紹得到了沮授，大多都採用沮授的謀略，而將他的謀略放在一邊，讓他的心裡備受打擊。

「我沮授對主公的心天日可見，若有半點私心，便讓我沮授天打五雷轟！」沮授發下了毒誓。

袁紹聽沮授、審配你一言，我一語的，頭都大了，只覺得兩個人說得都有道理，一時間也不知道該選擇哪個人的謀略，竟然愣在那裡。

這時候，郭圖從外面走了進來，感覺到大廳裡的氣氛異常，急忙拜道：「參見主公！」

袁紹看見郭圖，就像抓住救命稻草一樣，朗聲道：「你來得正好，你快給我說說，我該用哪個人的建議。審配勸我出兵幽州，沮授勸我暫緩一年，不知道你的看法？」

郭圖是個老陰蛋，一肚子壞水。他先瞅了瞅自己的死對頭審配，又瞅了瞅沮授，笑道：「啟稟主公，國相之謀乃長遠之計，是以大局為重的大謀略，屬下以為，主公應該聽從國相的建議，暫緩一年出兵。」

從郭圖進來的一剎那，審配就知道自己的謀略不會被採用了，他和袁紹的小兒子袁尚十分友好，而郭圖則和袁紹的長子袁譚關係密切，這兩個人都是袁紹以後選拔嗣子的人選，雖然明面上沒有說什麼，但是私下裡卻暗中較勁，一個給袁尚當老師，另一個給袁譚出鬼主意，兩個人久而久之便形成了死對頭。

袁紹聽完郭圖的話後，便拍了一下大腿，道：「好，非常好，那就依照國相大人的話去辦，暫緩一年出兵。」

沮授急忙補充道：「主公，另外屬下還希望派遣一名使者趕赴薊城，恭賀高飛開國，一方面向高飛示好，另一方面則暗中打探幽州的具體情況。」

袁紹點點頭，問道：「那你以為何人出使為好？」

沮授道：「審配正是合適人選，他的胸中藏有韜略，目光也很犀利，而且和高飛手中的謀士郭嘉交情匪淺，利用這層關係，應該極易得到信任。」

審配道：「我和郭嘉不過是泛泛之交，談不上什麼交情，屬下以為郭圖郭大人才是最合適的人選，郭圖的辯才十分出色，主公不如就派遣郭圖去吧。」

郭圖狠狠地瞪了審配一眼，剛想張口說話，卻聽見袁紹道：「好，郭圖，你就替我去一趟幽州，探聽一下高飛的實力。」

「諾！」郭圖無奈地回答道。

幾天後，幽州，燕侯府。

大廳裡，高飛仔細地將郭圖打量了一番，他從郭圖的身上除了看出有一點小聰明外，卻看不到什麼大智慧，再說，他對袁紹手下的謀士沒幾個能看得上眼的，便冷言冷語地道：「郭先生一路辛苦，不知道趙侯派你到薊城來所為何事？」

郭圖逢場作戲，道：「趙侯派我來向侯爺慶祝，另外也讓我向侯爺示好，以表達趙侯對侯爺的一番誠意。」

高飛笑道：「明白了，是想和我不再發生戰爭了是吧，好，我接受。不過……」

「主公，萬萬不能接受此事，我幽州鐵騎所向披靡，主公又平定了東夷，此時正是南下之際，應該率領所有的鐵騎一掃而下。」

郭圖聽後，整個人倒吸了一口氣，看著面前這個年輕的後生，問道：「未請教閣下姓名？」

「郭嘉！」

郭圖始料未及，看著站在他面前的這個體格健壯的青年，他第一眼沒有認出來，和一年多前他在洛陽見到的那個瘦弱的小子完全判若兩人。再看看那青年的容貌，還真的是郭嘉。

郭嘉曾經做過袁紹的門客，和袁紹帳下的謀士關係都差不多，唯獨和郭圖關係僵硬。他見郭圖沒有認出來他，也吃了一驚。

一時間，大廳內鴉雀無言，郭圖一直在打量著郭嘉，他搞不明白，為什麼短短的一年多時間，郭嘉竟然成長到這種地步了。

良久，他終於動了一下嘴脣，從牙縫裡擠出來一句話：「侯爺，趙侯是很有誠意的，如果侯爺同意繼續和睦下去的話，趙侯一定會有所表示的。」

高飛笑道：「殺害劉虞的凶手還在趙侯轄下的渤海郡，如果趙侯真的願意表示誠意的話，那就請將公孫瓚給交出來，任由我處置。」

「這個……侯爺，這件事在下也做不了主，只能先回去稟告給趙侯……」

「嗯，我也沒有讓你立刻答覆。其實我和趙侯還是很合得來的，雖然當初在洛陽時，我們之間有點不愉快，但是趙侯也是一個大人大量的真英雄，應該能夠和我摒棄前嫌的。如今我幽州的北部邊疆不太穩定，鮮卑人開始蠢蠢欲動了，估計這以後的大半年時間裡，我都會親自率領大軍北擊鮮卑，到時候還希望能夠得到趙侯的支持，我們聯手共同擊敵。」

郭圖臉上依然是十分的和藹，道：「侯爺儘管放心，我回去之後，一定將侯爺的話轉告給趙侯，趙侯也一樣期待著和侯爺合作。」

「呵呵，好說好說。高林，送郭先生去驛館休息！」

高林「諾」了一聲，便護送郭圖一起出了燕侯府，朝驛館去了。

郭圖走後，高飛和顏悅色的臉恢復了正常，面無表情地道：「奉孝，你怎麼看待這件事？」

郭嘉拱手道：「按照袁紹的為人，他絕對不會主動向主公示好，這次卻一反常態，並且郭圖的話語中處處透著幾分卑微，似乎是故意在掩蓋袁紹的實力……」

「你是說，袁紹在刻意向我們示弱？」

郭嘉分析道：「主公，審配、辛評、逢紀等輩皆是好戰的人，絕對不可能給袁紹出此策略。屬下以為，給袁紹出此策略的必然是一個能夠看清整個形勢的智者，但是上次屬下出使鄴城時，並未注意到什麼異常的能人，所以我很費解……」

高飛的腦海中浮現出一個人，說道：「不用想了，那個人一定是沮授。不過，就眼下來看，我們也是需要這個和平的時間，所以，你知道該怎麼做了？」

郭嘉抱拳道：「是，主公。」

高飛笑道：「鋼鐵廠裡生產出來的兵器和戰甲都已經齊備了嗎？」

「有荀攸先生親自管理鋼鐵廠，必然能夠事半功倍，昨天已經有另外一批戰甲被運送到了薊城，現在已經收入府庫，只等給士兵進行裝備了。」郭嘉答道：

「不過……屬下不明白主公要那麼多鐵鍊做什麼用？」

高飛邪笑道：「到時候你就會知道了，等以後進行大閱兵時，我要讓全天下的人都知道，**我高飛的軍隊是具備鋼鐵意志的軍隊，要用他們手中的利器開闢出一片全新的天地。**」

郭嘉被高飛的豪言壯語深深的感動，拜別高飛後，便離開燕侯府，著手準備高飛所吩咐的士氣去了。

高飛也離開了燕侯府的大廳，徑直朝翰林院走去。

推開門，高飛便看見房間裡放著琳瑯滿目的機關獸，什麼貓啊，狗啊，豬啊等動物都擺放在地上，像展覽一樣。

公輸菲獨自一人枯坐在地上，看著面前伸展開來的機關鳥，眉頭緊皺著。

「你在想什麼？」高飛走到公輸菲的面前。

公輸菲看都沒有看高飛一眼，目光一直很專注的盯著機關鳥。

高飛見公輸菲不理自己，便道：「你是不是在生我氣，我這幾天沒有來看你了，還真是挺想你的，你想我嗎？」

「……」公輸菲還是一臉的專注，對高飛的話罔若未聞。

高飛嘆了口氣，躺在鋪滿草席的地上，仰望著天花板，道：「你們和墨家的約定快到了吧？」

「嗯……還有幾個月的時間，我必須儘快對機關鳥進行一番改造，否則的話，我一定會輸給墨家的赤練蛇。」公輸菲終於開口了，聲音很輕，卻足以讓高飛聽見。

高飛見公輸菲一心撲在機關術上，便對症下藥，道：「你還記得我跟你說過的飛機嗎？」

公輸菲不由自主地轉過了身子，眼睛盯著躺在地上的高飛，問道：「就是那種可以帶著幾百個人一起在天上飛的巨大的機關鳥？」

「嚴格來說，那不是機關術，是科技的產物。我知道，製作機關獸是很高深的一門學問，牽涉到工程學、動力學、物理學等各方面的知識，而且恰恰你所掌握的這些知識也只是局限於對機關術上。你有沒有想過一件事……」

公輸菲見高飛吱吱唔唔的，便急忙問道：「什麼事情？」

高飛坐了起來，眼睛裡飽含著期待，看著公輸菲，緩緩地道：

「無論你在機關術上有多麼高深的造詣，到頭來只是一個會擺弄木頭的木匠而已。凡是木頭做的東西，遇到火都會化為灰燼，而且你做的這些東西也都不太符合這個社會，使得一些東西做起來很困難，做出來之後卻又發現根本沒有這種東西的用武之地。那你有沒有想過不再擺弄這些木頭，用你的聰明智慧讓鋼鐵組成起來，用鋼鐵的機關獸取代木製的機關獸，這樣一來，就算是在戰場上，你所創造出來的東西也會變得彌足珍貴。」

「你讓我放棄機關術？我辦不到！」

「不是讓你放棄，而是讓你學習新的科技，在這些方面，我可以幫助你。同樣，我也需要你這樣心靈手巧的人來幫我營造。難道你不希望用你的雙手做出一件巨大的鐵翼鳥，帶著一兩百個人在空中自由翱翔？」

「你說得不錯。不過，這事情要等到我和墨家的人決戰之後，到時候無論輸贏，我會幫你做出你心中最想要的東西。」

「嗯，明年的二月初十，到時候我會和你一起去泰山之巔，我也想見識一下墨家的人和墨家的機關術。」

公輸菲沒有說話，將頭一轉，良久才問道：「聽說你明天就要和蔡琰成婚了……」

「嗯，我和蔡琰有婚約，既然我已經答應了，就必須履行。」

「那你……你成婚以後還會來我這裡嗎？」

「當然會，我會天天來，只要沒事我就會來，你做的那些守城武器，我已經讓人全部仿製了，並且送到范陽、天津兩地了。」

「我想問你一個問題……」公輸菲垂下了頭，淡淡地道：「你之所以願意娶我，是不是因為我身上有公輸氏的機關術，可以幫你在軍事上取得一些成果？」

高飛想都沒想，一把將公輸菲緊緊地抱在了懷裡，低聲耳語道：「菲菲，我對你怎麼樣，你還不知道嗎，這種傻問題以後就別問了。」

公輸菲點點頭，靜靜地依偎在高飛的懷裡，貪婪的享受著高飛心口的跳動，臉上也現出幸福的喜悅。

……

第二天，高飛再次接見了郭圖，並且答應了袁紹表示友好的善意，郭圖幸不辱命，離開了薊城。

幾天後，郭圖回到鄴城時，受到了袁紹的接待。

「主公，高飛外強中乾，將一半的兵力都布置在范陽、天津兩地，如果能夠攻下范陽，就能立刻長驅直入，並且一口氣攻下薊城。」剛剛回到鄴城的郭圖，將自己在薊城裡的所見所聞要的向袁紹說明了，並且給出了自己的建議。

袁紹捋了捋鬍鬚，道：「你是讓我出兵幽州？」

郭圖點點頭：「如果現在不攻打幽州的話，以後等高飛在幽州發展起來了，那就更加可怕了，屬下以為，能儘早的攻下幽州，主公就能儘早的登上天下霸主的寶座。」

袁紹道：「那你之前為什麼不贊同審配的意見，而是選擇了沮授？」

「此一時彼一時，當時是我對敵人不太瞭解，此刻我已經從幽州出使歸來，在幽州，我親眼確定了高飛的軍事實力。如果這時候攻打幽州的話，必然能夠給高飛一個措手不及。」

「哈哈哈，妙計！只是我已經決定實施屯田的計畫了，再說，現在我軍剛剛占領青州，民心不穩，如果貿然進攻高飛的話，不但會讓自己背上不仁不義的罵名，更會讓我們陷入腹背受敵的局面。」

郭圖心中一驚，直接問道：「主公是在擔心曹操嗎？」

袁紹道：「不錯，曹操已經占領了徐州，擁有兩州之地，縱觀天下，能夠擁有兩州之地的人屈指可數，曹操、馬騰都是其中之一。不過馬騰離我們甚遠，可以採取遠交近攻的策略。並且，我也很擔心曹操和高飛聯手夾擊我，所以此事暫且作罷，等明年秋收之後，我軍再發兵幽州不遲。」

郭圖拱手道：「主公英明！」

七月，熱情似火，正如即將要舉行婚禮的高飛一樣，內心裡充滿了躁動。

薊城裡到處張燈結綵，所有文武歡聚一堂，作為岳父的蔡邕更是開心得合不攏嘴，這正是他期待許久的結果。

燕侯府的後院裡，貂蟬一臉的沮喪，她雖然知道男人三妻四妾很平常，但是當她用心去愛一個人的時候，她才發現自己原來如此在意。

「姐姐，你在這裡啊，可叫我一番好找。」歐陽茵櫻喘著粗氣，額頭上掛著汗水，快步走到貂蟬面前。

貂蟬神情恍惚地道：「你找我做什麼，現在應該是侯爺大宴眾位大人的時刻吧？」

「哼！那個沒良心的侯爺，還提他做什麼。姐姐，我帶你出城去玩，我剛剛學會了騎馬，咱們帶上連弩，去打獵如何？」

歐陽茵櫻在軍營裡待久了，男兒性子也漸漸地展露出來，她個性好強，對各種知識有著強烈的求知欲，甚至騎馬、射箭都學得略有小成。

「我不去，你自己去吧，女孩子家不要太野，否則以後會嫁不出去的。」貂蟬諄諄告誡道。說話時，雙手不由自主地放在腹部上輕輕地摩挲著，嘴角也揚起一抹淡淡的笑容，眼裡更是對未來充滿了憧憬。

歐陽茵櫻看到貂蟬從沮喪變成欣喜，有點不明白，也沒有去追問，自顧自地道：「姐姐放心，妹妹心中已經有了人選，這輩子都不會改變的，而且那個沒良心的侯爺也答應我了，一定要讓我和他成婚，雖然只是隨口一說，但是我相信沒良心的侯爺會說話算話的。」

貂蟬忍不住微怒道：「小櫻，好歹侯爺也是你的哥哥，你左一個沒良心，右一個沒良心的，要是侯爺真的沒有良心的話，當初在遼東就不會救你了。」

歐陽茵櫻吐了吐舌頭，道：「姐姐是情人眼裡出西施，在姐姐的眼裡，哥哥什麼都是對的，我什麼都是錯的，那從今以後，我就不再管姐姐和哥哥之間的事了，這樣姐姐滿意了嗎？」

貂蟬無奈地道：「你呀……怎麼說呢……算了，你自己去玩吧……等你以後嫁人了，就會明白我現在的心情了。」

歐陽茵櫻呵呵笑了幾聲，道了聲「姐姐珍重」，便跑走了。

貂蟬捂著腹部，自言自語道：「從今以後，有你陪在我身邊就可以了，你的父親志在天下，我不能有太多的奢求，只要他的心裡還有我，我就心滿意足了。」

公輸菲今天有些心神不寧，做什麼事情都丟三落四的，從昨天高飛離開後，她的心就無法安定下來，夜裡睡覺的時候居然還夢見高飛。當今日全城的人都在慶祝侯爺大婚的時候，她的心是痛的。

她從小就背負著家族的命運，不得不以男兒身示人，長久以來，她只專注於機關術的研究，從未和外界的人接觸過。直到來了薊城，她的心弦卻被一個叫高飛的男人撥動著，讓她有時候顯得很開心，有時候又會顯得很沮喪。

公輸菲爬上翰林院的最高層，站立頂端，眺望著東北方向的燕侯府，眼裡閃著晶瑩的淚光，幾欲掉落下來：

「高子羽，你這個大壞蛋，**你這個偷心賊……**」

# 第七章

# 墨子也是穿越者？

「這上面的東西畫得太奇形怪狀了，墨家弟子的聰明智慧有限，根本無法做出那麼精妙的東西。」黃承彥補充道。

高飛不禁道：「兩千多年的人就知道飛機、飛艇、汽車、輪船等東西了，難道……墨子也是個穿越者？」

燕侯府。

洞房裡，紅色的綾羅綢緞布滿了整間屋子，剛剛拜完天地的蔡琰，頭上頂著一個火紅的蓋頭，一動不動地坐在床上，靜靜地等著她的夫君到來。

蓋頭下面，不知道是因為害羞，還是因為紅色蓋頭的映照，蔡琰的臉紅彤彤的。

她腦海中浮現出第一次見到高飛的情景，當她知道站在她面前，這個有著深邃雙眸的漢子就是大名鼎鼎的高飛時，她的心便被這個男人所牽動著。

第二次是在雨中，同樣也是這個男人，居然莽撞地掀開她馬車的捲簾，將她因劃破衣衫而露出來的肌膚全部盡收眼底，從那一刻起，她就認定了他，不管他是否是有意，她都決定這輩子非他不嫁了。

蔡琰一想到即將要成為心目中那個男人的女人，內心一陣莫名的歡喜，再也按捺不住心中的躁動。

燕侯府的宴會大廳裡，高朋滿座，文武齊聚，所有的人都在慶祝這場婚禮，所有的人也都看好這樁婚事，一個是德高望重的蔡邕，另一個是年輕有為，渾身充滿無盡魅力的高飛，兩家的聯姻必會給幽州帶來一番新的氣象。

「恭喜主公，賀喜主公，願主公和蔡夫人百年好合，兒孫滿堂……」

任何華麗尊貴的辭藻用在這場婚禮上都不顯得過分，高飛很清楚自己要的是什麼，蔡邕只是一個誘餌，他要的是整個天下的才俊。

和蔡邕聯姻，娶了蔡邕的女兒，無疑會給幽州帶來更多的儒生。更何況除了蔡邕之外，他的治下還有管寧、邴原、國淵等人，聚賢館的開設更加說明了他對人才的渴望。

在過去幾個月裡，幽州便湧來十三批形形色色的儒生，從聚賢館裡走出來後，被任命為各縣的縣令、縣尉或者是太守的屬官，大大地填補了幽州缺乏才俊的窘狀。

夜晚，高飛保持著清醒的頭腦，他在酒宴上沒有喝太多酒，酒後亂性可不好，他不想那樣。

推開洞房的門，高飛看到蔡琰端坐在床邊，嘴角不禁浮現出一絲笑容，道：

「你坐在那裡一天了嗎？」

蔡琰點點頭。

「辛苦你了，你吃飯了嗎？」

蔡琰又點了點頭。

高飛走到蔡琰面前，一把掀起蔡琰的紅蓋頭，露出一張略施粉黛的嬌豔臉龐，配上那件大紅色的新娘服，他可以清楚地看見蔡琰胸前隆起的溝壑，正隨著呼吸一起一伏的。

「你真美！」高飛伸出手，用食指勾起了蔡琰的下巴。

「多謝侯爺讚賞。」蔡琰不敢抬頭看高飛，害羞地道：「那個，時候已經不早了，侯爺就寢嗎？」

「當然就寢。」高飛脫去身上的衣服，露出結實的胸膛和赤裸的身體，將男人的雄風展現在蔡琰的面前，「你來伺候我就寢。」

蔡琰頭一次看到男性的身體，臉上不覺紅了起來，害羞地不敢看高飛。高飛一把將蔡琰摟在懷裡，褪去蔡琰的衣衫，兩人便赤身裸體，坦誠相對。

蔡琰的身材很豐滿，胸部高高的拱起，露出一條鴻溝，腰部呈現著曲線的美感，加上修長的雙腿，高飛的欲望已經完全被她給挑起來了。

高飛伸出雙手，將蔡琰的手握在自己的手心裡，然後將她身體的每一個部位都看了個透澈。在寂靜的夜裡，他能聽到自己急促的呼吸聲。他低下頭，將嘴唇停留在她的紅唇上，雙手將她緊緊地抱住。

深情的一吻後，蔡琰感受到從未有過的感覺，那種感覺妙不可言。她的臉上火辣辣的，心跳加速，怯怯地對高飛道：「侯爺……」

高飛溫柔地行使著丈夫的權利，歡愉籠罩了兩人的身心，兩人盡情地享受著魚水之歡……

第二天，太陽照常升起，所有的人都按部就班地執行日常例行的工作，將軍們負責訓練士兵、守備城池，官吏們則處理政務，百姓們則忙著農事，一切都是那樣的平靜，幽州也迎來有史以來的太平之年。

時光荏苒，如白駒過隙，一八七年的太平元年很快便走到盡頭，轉眼便迎來了太平二年的春節。

冬去春來，新年伊始，路上還殘留著許多積雪，整個北方還處在天寒地凍的局面，翰林院裡卻是溫暖如春。

「菲菲，你準備好了嗎？」高飛穿著一身尋常百姓的衣服，肩上背著一個包袱，向屋裡的公輸菲喊道。

公輸菲依舊是一身男兒打扮，挎著一個包袱，手抱機關鳥，衝高飛道：「你真要跟我一道去？」

「當然，我之前就和你說過了，再說，我也想見見墨家的人。」

公輸菲感到很欣慰，問道：「蟬夫人不是有身孕了嗎，還有，你的新婚妻子怎麼辦？」

「她們自有人會照顧，不用擔心，你要是準備好了，我們現在就出發，照路程來算，二月初九便能到泰山了。」

公輸菲點點頭，會心地笑了笑，和高飛一起走出了翰林院。

翰林院外，高林早已準備好兩匹快馬，見高飛和公輸菲出來，參拜道：「主公，馬匹都已經備好了，真的不用屬下跟著嗎？」

高飛道：「不用了，我們又不是去打仗，用不著那麼多人，你就留在薊城，好好訓練好你的部下就是了。」

「諾！」

高飛和公輸菲一人騎上一匹馬，出了薊城。

這幾個月的時間裡，高飛雖然是新婚，可是並沒有留戀女色，而是潛心發展內政，興修水利，開墾農田，修葺城牆，訓練士卒，選拔官吏，在賈詡、田豐、荀攸等人的輔佐下，漸漸地掌握了從政的訣竅，並大膽的對軍裝進行了改革，開設染坊、布坊、製衣廠等，使幽州境內的軍隊大大地有別於其他各州的軍隊。

公輸菲也沒有閒著，為了到泰山，這幾個月一直在學騎馬，算是略有小成。

幽州的局勢已經穩定下來，各個部門都建設完畢，高飛的智囊團會處理日常政務，於是他將國事全權委託給賈詡和田豐，讓賈詡掌兵，田豐主政，便和公輸菲一起去泰山。

一路上，高飛和公輸菲相互依偎，就像小情侶旅遊一樣，一路上有說有笑的，不知不覺便到了幽州和冀州的交界處——天津。

天津經過一年多的建設，逐漸發展成一個軍事重鎮，廖化身為太守，功不可沒。駐守天津的太史慈和廖化一聽說高飛來了，急忙將高飛迎入天津城。

天津城是在原有泉州城的基礎上進行擴建的，而天津城向南八十里和冀州的交界處上，廖化還專門設下好幾座關卡，凡是進出幽州的人，都要嚴加排查，以防止在渤海的公孫瓚派奸細混進幽州。

天津城的太守府裡，高飛端坐在大位上，看著面前站著的太史慈和廖化，朗聲道：「兩位將軍這一年多來鎮守天津，實在是辛苦了。」

「為主公效力，末將萬死不辭。」太史慈和廖化齊聲答道。

高飛笑道：「今日這裡沒有外人，都是兄弟，沒有主公。自打成立天津以後，我還是頭一次到這裡來，這裡的氛圍很好，我所過之處，經常能夠聽到百姓稱讚你們，希望你們再接再厲，繼續努力。」

「諾！」

太史慈斜眼看了下公輸菲，見公輸菲很面生，忍不住問道：「主公，這位小兄弟可是主公新招攬的人才嗎？」

高飛笑道：「哦，她一年多前就到薊城了，她就是翰林院的大學士公輸菲。」

太史慈「哦」了聲，道：「原來公輸菲如此年輕，我還以為是個糟老頭子呢，我一直未曾拜會，今日一見，確實是讓人大開眼界。」

公輸菲「噗哧」一笑，拱手道：「太史將軍的大名，我也久有耳聞，今日一見，果然是非同凡響。」

廖化倒是沉默寡言，年歲越大，越加的成熟，和太史慈剛好形成巨大的反差，只是一味的微笑。

「最近公孫瓚有什麼動向？」高飛即將踏入冀州的地盤，必須對前面的道路進行一番瞭解。

「啟稟主公，公孫瓚最近沒有任何動靜，據派往渤海郡的斥候回報，公孫瓚似乎一直在厲兵秣馬。自從主公和袁紹表示友好相處後，整個冀州就沒有什麼太大的動靜了。」廖化作為天津太守，答道。

「哦，對了，聽說**信都令劉備帶兵進了河間**，除此之外，冀州就沒有什麼兵員調動了。」太史慈補充道。

高飛冷笑一聲，道：「這個劉大耳朵還真沒用，連個徐州都守不住，才短短一個多月時間，就把徐州給丟了。現在他又投靠到袁紹的帳下，一旦我軍和袁紹開戰，劉備必然也會成為我們的敵人，只是他的兩位兄弟跟著他沒有跟我，倒是可惜了。」

「主公要是欣賞關羽和張飛的話，把他們抓來，讓他們投降就是了。」太史慈道。

高飛嘿嘿笑了笑，沒有說什麼，心裡卻在暗自尋思該怎麼對付劉備。

在天津逗留一天，高飛和公輸菲得到極好的休息，然後在太史慈的護衛下，和公輸菲再次踏上去泰山的行程。

臨走時，太史慈非要跟著高飛走，高飛讓太史慈繼續和廖化駐守天津。

進入冀州地界，高飛和公輸菲就顯得小心多了，畢竟他和公孫瓚之間是敵人，萬一在渤海被抓，那就糟糕了。所以，高飛和公輸菲都進行了易容，高飛化妝成一個四五十歲的老頭，公輸菲本就沒幾個人認識，權當給高飛當隨從了。

兩人儘量選人多的路走，每經過一處城池都會進去，所以並沒有讓人感到一絲的懷疑。**估計誰都想不到，身為燕侯、幽州牧、驃騎將軍的高飛，敢獨自進入到敵人的地盤上。**

渤海郡是整個冀州最大的郡，人口超過百萬，但是由於之前青州的黃巾軍馳入渤海郡大肆洗劫了一番，使得渤海郡的人口銳減，大部分都流入到鄴城，剩餘的百姓還有二三十萬，其中光渤海郡的郡城南皮就有十萬人口。

南皮城是僅次於鄴城的一座大城，袁紹讓公孫瓚做渤海太守，主要是利用公孫瓚白馬將軍的名聲震懾渤海郡潛在的黃巾餘黨。

可是讓袁紹沒想到的是，公孫瓚一到任，便收編了黃巾餘黨，直接編入軍隊，軍隊數量一下子激增到三萬，隨即開始對袁紹的命令罔若無聞，他丟了人口稀少的右北平郡，卻得到了渤海郡，也算是因禍得福。

袁紹卻不那麼想，他起初認為公孫瓚走投無路，給他一郡太守，他會心繫感恩，可是**沒想到公孫瓚是個記過忘善的人**，認為這是他應該得到的，**二人表面上和睦，實際上也是勾心鬥角，外加後來又來了一個劉備，冀州隨即呈現出三雄並立的局面**。

袁紹一家獨大，實力遠遠超過劉備和公孫瓚，所以袁紹總想借刀殺人，除去公孫瓚，收服劉備。可是袁紹又怕劉備和公孫瓚聯合，所以經常調動劉備去各縣當縣令，最長的信都令也不過是三個月任期，便直接調到河間的縣裡去當縣令了。

酒館裡，高飛和公輸菲在南皮打聽到冀州的一些基本情況後，高飛已經大致清楚該怎麼占領冀州了，便和公輸菲出了南皮城，繼續向南而去。

二月的泰山依然披著蕭索的冬裝，枯黃的灌木、裸露的岩石構成了一幅蒼朗的山景。殘雪被封乾了，或斑駁地鋪撒在山坡上，或如銀瀑倒掛在跌宕的澗溪中。

泰山的玉皇頂上，高飛和公輸菲相互依偎在一起，環視這美不勝收的泰山，有著一覽眾山小的感覺。可是，兩個人卻也很迷茫，因為他們沒有看見任何一個人。

今天是二月初十，是墨家和公輸菲每二十年相約進行機關術比拼的日子，可是高飛和公輸菲整整等了一個上午，也沒有看到一個人影。

寒風呼嘯，吹得人透入骨髓的冷，高飛將公輸菲抱在懷中，依靠在玉皇頂附近的岩石上，躲避著大風。

高飛和公輸菲的臉都被冷風吹得鐵青了，兩個人緊緊地依靠在一起，用體溫給彼此帶來溫暖，兩個人的心裡都是暖烘烘的。

「菲菲，墨家的人是不是都死絕了，都這個時候了，我看墨家的人是不會來了。」高飛將公輸菲的手握在手心裡，朝公輸菲的手上哈著氣，並且揉搓一番，以便取暖。

公輸菲還沒有回答，就聽見背後傳來一聲蒼勁有力的聲音：「讓各位久等了，黃某誠惶誠恐！」

高飛和公輸菲轉過身子，看到身後不遠處站著一位三十歲左右的中年漢子，那漢子形容枯槁，瘦得皮包骨頭，雙眼凹陷去，身上穿的衣服也極為普通。

「在下公輸氏第二十二代玄孫公輸菲，見過墨家前輩。」公輸菲抱拳道。

中年漢子道：「公輸氏的才俊竟然如此年輕，不過，我並非墨家弟子……」

「你不是墨家弟子？那你怎麼知道今天的約定？」公輸菲驚詫地道。

中年漢子看了眼高飛，見高飛臉上有一道傷疤，穿著老百姓的衣服，饒是如此，卻掩蓋不住身上那股英武之氣，暗想高飛一定大有來頭。

「在下黃承彥，荊州襄陽沔南人，我之所以知道這個約定，是因為有人託付我這件事。」

**「黃承彥不是諸葛亮的岳父嗎，怎麼跑到這裡來了，又和墨家又什麼關聯？」**

高飛一邊打量著黃承彥，一邊在心裡暗道：「對了，他女兒黃月英是個才女，聽說諸葛亮造木牛流馬、諸葛連弩，都是得益於黃月英對機關術的造詣，**難道黃承彥的女兒黃月英才是墨家的弟子？」**

公輸菲道：「你既然不是墨家人，又何以來赴約？墨家名滿天下，約定了幾百年的規矩，難道想就此改變嗎？」

黃承彥笑道：「小兄弟莫要著急，且聽我慢慢道來其中的原委……」

「說，不說清楚，今天你別想走。」公輸菲怒道。

高飛很清楚公輸菲因何發怒，她從小就學習機關術，身上背負著打敗墨家的使命，可到赴約的時候，卻沒有等到墨家的人，這說明她十幾年等於白白背負沉重的負擔了。

他也很想知道，為什麼墨家的人沒來赴約，因為他對墨家這個學派一直有很濃厚的興趣，此時，也可以讓他多瞭解一點墨家的資訊。

黃承彥道：「此處寒風刺骨，不是說話之地，而且墨家的人也不會來了，如果你真的想知道墨家的前因後果的話，不如我們找個山洞，生堆篝火，邊暖和邊聊。」

高飛覺得黃承彥的提議很不錯，便對公輸菲道：「黃先生說得沒錯。」

公輸菲道：「那好吧。」

於是，三人便在附近找了個山洞，生了篝火，促膝長談。

「公輸公子，黃某先替墨家的人向公子說聲抱歉。自從墨子和魯班暗中訂下了永久的二十年之約後，墨家和公輸氏就形同水火，互不相容。如今已經過去幾百年了，墨家和公輸氏也鬥了幾百年了，雖然公輸氏一直沒有勝過，但是公輸氏這種永不服輸，鍥而不捨的精神很值得黃某敬佩。」

公輸菲道：「我只想知道，為什麼墨家的人沒有來？」

山洞內頓時靜寂下來，除了洞外呼嘯的寒風，就是洞內烈火焚燒木柴發出的劈啪聲。火光忽明忽暗，昏黃的火光照在山洞裡每一個人的臉上，顯得是那樣的溫暖和愜意。

「唉！」黃承彥重重地嘆了口氣，道：「此事說來話長，還要從十五年前說起……」

高飛和公輸菲洗耳恭聽，黃承彥則是侃侃而談，講述關於墨家的故事。

原來，黃承彥的一位好友是墨家最後一名弟子，十五年前染上了一場瘟疫，他知道自己將死，便寫了一封書信，將墨家和公輸氏的原委都在信中一一說明，並且將墨家最為得意的機關術的心得和圖紙一起交給了黃承彥，讓黃承彥繼承墨家的機關術。

可是，黃承彥對這些手工技藝不太精通，根本沒有擺弄機關術的天分，索性就不學了。於是，他決定在泰山之約時，終結這場墨家和公輸氏鬥了幾百年的約定。

哪知，當她的女兒黃月英出世之後，聰明伶俐的黃月英無意間看到機關術的圖紙，竟然自己造出了墨家機關術裡最為複雜的赤練蛇，讓黃承彥又看到了一絲希望。

不過，黃月英才不過五歲的孩子，雖然有天賦，黃承彥卻不想讓女兒陷入爭鬥的局面裡，直到今年才再次下定決心，決定徹底結束墨家和公輸氏的爭鬥，也不準備讓女兒入墨家，因為墨家的最後一個弟子死了，這也就代表著墨家已經絕跡了。

聽完黃承彥的講的故事後，高飛和公輸菲都被黃承彥的這種大義而感動，可是，公輸菲卻同時感到了一股失落感。

「菲菲，你怎麼了？」高飛看到公輸菲臉上變了表情，問道。

公輸菲雙眼迷茫地盯著火堆上的火苗，道：「我自小學習機關術，身上背負著家族的使命，那就是打敗墨家的弟子，讓公輸氏揚眉吐氣，可是墨家卻絕跡了，而一個五歲的孩子竟然能夠做出赤練蛇，天分遠遠地超過了我，我在十二歲那年才做成機關鳥……」

高飛體會到公輸菲內心的失落，不由得將公輸菲輕攬入懷，愛撫地說道：

「菲菲，墨家已經絕跡了，從此以後不會再有墨家了，黃月英雖然很有天分，但是她不是墨家的人，這樣一來，你公輸氏和墨家的約定就可以終結了。」

「可是我……我一生下來就背負著打敗墨家機關術的使命，到頭來卻是一場空，我不知道我以後該怎麼辦……」公輸菲小鳥依人地依偎在高飛的肩膀上，緩緩地道。

「別怕，你還有我，我會照顧你一生一世的。」高飛安慰道。

公輸菲沒有吭聲，只是伸出手臂將高飛環腰抱住，輕輕地閉上雙眼，盡情地享受著高飛給她的溫暖，這一刻，她才覺得自己是個女人。

坐在高飛和公輸菲對面的黃承彥看了，臉上青一陣紅一陣的，在他眼裡，高飛和公輸菲都是男兒打扮，男人抱著男人說出這麼肉麻的話，讓他無法接受這超越世俗的觀念，不禁唸道：「龍陽之癖……」

高飛聽到黃承彥的話，嘿嘿笑道：「黃先生，你莫要誤會，其實菲菲是女扮男裝的。」

黃承彥這才稍稍釋懷。

高飛隨身帶著一個酒囊，他將酒囊取出來，遞給黃承彥，說道：「黃先生，我請你喝酒。」

黃承彥也不客氣，接過酒囊，說了聲「謝了」，便打開酒囊，朝肚子裡灌酒。

哪知道酒一入口，他就感到一股辛辣，嗆得他猛烈的咳嗽了好幾聲，道：「這酒好烈啊。」

「燕趙之地多烈酒，我就好這口，比不上南方的酒那樣綿綿入口。」高飛笑道。

黃承彥驚奇道：「壯士來自燕趙之地？」

「正是，幽州，薊城。」高飛道。

黃承彥道：「聽說驃騎將軍、幽州牧、燕侯高飛在幽州建立了燕國，都城就在薊城，壯士是燕國人？」

「嗯，是燕國人，怎麼了？」

「我聽人說，燕國被燕侯治理得井井有條，百姓安居樂業，蠻夷盡皆畏服，所以想到燕國走一遭，親眼看看燕侯的功績。」

「呵呵，沒想到燕侯的名聲竟然那麼響亮，居然都傳到荊楚大地上了。」高飛腦中靈機一動，道：「先生來自襄陽，荊楚一帶多名士，不知道那些名士是怎麼看待燕侯的？」

黃承彥道：「燕侯雖然名聲響亮，但是在荊楚一帶的名士並不怎麼喜歡北方的漢子。最近吳侯孫堅正在江東招賢納士，南方士人盡皆前去依附，楚侯劉表雖然治理荊楚有方，使得荊楚日益穩定，可是荊楚一帶的士人還是有不少沿江東下，到吳國投靠吳侯孫堅了。孫堅在短短的一年內，以三千士兵起家，攻占江東六郡，這份功績，贏得不少南人的依附，看來以後吳國在以後數年內，必然會成為南方最為穩定的地方。」

「哦……那先生如何看劉表和孫堅呢？」

高飛想盡可能多的知道一些南方的事，因為他很少派遣斥候到淮水以南進行調查。

「如今大漢的朝綱已經敗壞了，天子遷都到長安，被馬氏父子控制，雖然說馬氏父子對大漢忠心，但是掌控權力的時間久了，難免不會出現什麼亂子。以我看，以後天下必然會陷入群雄爭霸的局面。劉表自守之徒，才力都及不上孫堅，**如果真的到了天下大亂的局面，孫堅必然能夠吞併荊楚，成為南方的雄主。**」

「孫堅是頭猛虎，若江南之地盡皆屬之於他，也不失為是一件好事。」

黃承彥見高飛談吐不凡，事事關心的都是諸侯之間的事，便問道：「請恕黃某冒昧，還未請教小兄弟大名？」

高飛哈哈大笑，抱拳道：「在下高飛，字子羽。」

黃承彥一臉驚詫地道：「你……你就是燕侯？」

高飛點點頭。

黃承彥道：「原來閣下就是鼎鼎大名的燕侯，今日一見，實乃黃某三生有幸。」

高飛道：「黃兄不必多禮，這裡只有高飛，沒有什麼燕侯。」

黃承彥從未見過哪個侯爺如此打扮，他從高飛的身上感受到的不是高貴，而是隨和，以及高飛身上散發出來的獨特的人格魅力。在這樣一個看重聲望、身分的年代裡，他能夠看到這樣一個拋下自己身分的人，確實很難得。

他從背後掏出一個卷軸，緩緩地站了起來，畢恭畢敬地遞給高飛，道：

「侯爺，這卷卷軸上面記載了墨家機關術的精要，以及一些我無法理解的東西。我這次來，就是想把這卷卷軸交給公輸氏的傳人，這也是我的好友臨死前的願望，他希望看到墨家和公輸氏不要再鬥下去，而是彼此和睦相處。我現在把這卷卷軸交給侯爺和公輸姑娘，希望侯爺能夠收下。」

公輸菲看著黃承彥送上墨家的卷軸，痛苦地道：「我公輸氏和墨家鬥了幾百年，難道到頭來就是以這種結局收場嗎？那我從小就苦練的機關術，豈不是白練了？」

高飛道：「不！我想，墨家的人之所以要把這份記載了機關術的重要卷軸交給公輸氏，就是希望公輸氏能夠綜合兩家的技術，去其糟粕，取其精華，共同開發出更高級的機關技藝。」

黃承彥對高飛的話很是欣賞，道：「墨家學派不僅是學術上獨樹一幟的派別，而且是一個組織嚴密的政治團體，其具體表現是，以矩子為首領，徒眾的進退出處都聽命於他，不得違反。墨子是墨家的第一代矩子，據稱『墨子服役者百八十人，皆可使赴火蹈刃，死不旋踵』，這種為實現學派宗旨而義無反顧的精神，是墨派顯著的特點。然而，墨家的艱苦訓練、嚴厲規則及高尚思想並非人人可達，所以墨家的弟子一向很少……」

高飛從黃承彥的手中接過卷軸，他很敬佩墨家的人，但是墨家由於漢武帝的獨尊儒術政策，以及未能及時適應社會的變化，逐漸淡出歷史舞臺也很正常。

孔子的儒家文化在西漢時得到了一定的發展，就是因為適應了時代的潮流變化而逐漸興盛。還有老子的道家文化，在中國的各朝各代上，均有著舉足輕重的地位。

「**變則通，順則生**，人的思想是與時俱進的，墨家子弟的消失，確實是一個很大的損失。不過，能夠將墨家的學說和墨家的機關術流傳下去，也算是對墨家的一個延續，雖然沒有了墨家，但是**墨家的精神會永存下去的**。」高飛不禁發出一番感慨。

黃承彥聽了，不由得打心眼裡佩服高飛，本以為他只是一個會打仗的武人，可是聽到他對墨家的分析和讚揚，讓他瞬間對其另眼相看。

公輸菲打開卷軸，看了一眼，便讓她大為吃驚，對墨家機關術的高深莫測感到震驚，她嘆了口氣：「我公輸氏就算再和墨家鬥上個幾百年，也未必是墨家的對手，這卷軸上記載的東西，遠遠超越了我們公輸氏任何一個人的想像。」

高飛瞄了眼卷軸，看見卷軸上畫的一樣東西，不禁指著卷軸失聲叫道：「這不是飛艇嗎……」

「什麼飛艇？你不認識字嗎，不是明明寫著『浮雲』兩個字？」公輸菲瞅了高飛一眼，用手指著圖形左上角的兩個小字說道。

高飛興奮地看著卷軸上畫著的東西，有類似飛艇、飛機的圖形，還有汽車、坦克、火車形狀的東西，以及能夠在江河裡航行的船隻，讓他看得目不暇接。

「這是墨家的祖師爺留下來的遺物，也是墨家世世代代祖傳的至寶，只是上面的東西畫得太奇形怪狀了，許多墨家的弟子都看不懂，甚至有些東西都見所未見，聞所未聞，其實墨家代代相傳的機關術只是在最開始的一小部分，後面大部分的圖形，墨家弟子的聰明智慧有限，根本無法做出那麼精妙的東西。」黃承彥見高飛看得入迷，在一旁補充道。

高飛確實看得很入迷，這簡單的草圖怎麼看怎麼像現代的東西，不禁暗道：「墨子的思想這麼超前？兩千多年的人就知道像飛機、飛艇、汽車、輪船等東西了，**難道……墨子也是個穿越者？**」

「你看得那麼認真，我還是頭一次見到。」公輸菲好奇道。

高飛道：「你不懂，我在研究這卷軸上的東西，墨子真是個了不起的人物……」

公輸菲合上卷軸，道：「這是墨家的至寶，對我們公輸氏來說，是個很有價值的東西，黃先生，我真是太感謝你了。」

黃承彥道：「不必客氣，我留著也沒用，而且我也不想我女兒天天沉迷在這些木頭上，女人應該是琴棋書畫……」

話說到一半，黃承彥突然止住了，他這才想起來，對面的公輸菲正是個女人，而且還是個很會玩木頭的女人，急忙對公輸菲道：「公輸姑娘，實在不好意思，我剛才不是故意的……」

「沒事，我明白。」公輸菲笑了笑。

「一定是的，錯不了，墨子一定是個穿越者！」高飛突然大叫出來。

公輸菲和黃承彥一愣一愣的看著高飛，不知道高飛到底是怎麼了，竟然說出什麼穿越者的話，讓他們聽得雲山霧海的。

高飛意識到自己的失態，急忙道：「抱歉，剛才是我瞎說的。」

高飛如獲至寶的翻著卷軸，看著上面的圖畫，暗暗地道：「這玩意是和飛機一個樣子，還有汽車、坦克……可是墨子如果真是個穿越者，他不會就此結束諸侯紛爭嗎，估計那時候就已經實現統一了，可如果不是，那墨子的智慧也太超前了吧？」

高飛全神貫注地看著卷軸記載的文字，當他看到一個叫「木牛流馬」的東西時，又是吃了一驚。

夜深了，黃承彥躺在一塊大石頭上睡著了，高飛則抱著公輸菲，兩人相互依偎著漸漸睡著。高飛的手中還抱著那卷墨家的卷軸，不停地說著夢話：

「墨子是個穿越者……」

一夜無事，到了第二天早晨，高飛聞到一股肉香，讓他醒了過來。

他揉了揉眼睛，朦朧間看到公輸菲正在山洞裡烤肉，黃承彥已經不見了蹤跡。

「黃承彥呢？」高飛一屁股坐了起來，問道。

「哦，他已經走了，他本想和你告別的，見你睡得那麼香，便沒有打攪你。」公輸菲一邊烤肉，一邊說道。

「他怎麼走了，我還想問他關於劉表的事呢。」高飛奇怪地看著公輸菲，道：「這肉是哪裡來的啊？」

「腿長在別人的身上，他要走，我能攔得住嗎？再說，你也沒說要留他啊。這獵物是黃承彥上山打了頭野豬，把肉留給我們。」

「唉，錯過一個機會，黃承彥可以帶著荊楚一帶的文士來投靠我們的。」高飛遺憾地道。

「你不早說！」

「算了，走就走了，這次泰山也算不虛此行，你總算了卻心結，回去之後，咱們就成婚吧？」

公輸菲輕輕地點點頭，道：「一切你做主。」

高飛將公輸菲抱在懷裡，在她的額頭上吻了一下，道：「等回到薊城，你就立刻恢復你的女兒身，好好的在燕侯府裡過日子。」

「諾，侯爺！」公輸菲笑道。

高飛和公輸菲一邊吃著烤好的野豬肉，一邊有說有笑的，顯得很是愜意。

不知道為什麼，高飛對公輸菲有一種很奇怪的感覺，那是他在貂蟬和蔡琰身上所感受不到的。

有肉無酒顯得有點枯燥，幸好高飛隨身帶的有酒囊，取出來後，剛把酒囊放到嘴邊，還沒有來得及喝，便聽到山洞外面傳來一陣急促的腳步聲。

高飛耳聰目明，加上這幾年來總是在戰場上廝殺，整個人的神經也變得很敏感，對於任何異常的舉動，都能立刻做出反應。

「有人！」

話音一落，高飛一個箭步跳到公輸菲的身旁，一把將公輸菲抱住，貼在山洞的洞壁內，凝視著山洞的門口。

公輸菲小鳥依人般的把臉貼在高飛的身上，臉上洋溢起幸福的笑容，心中暗道：「他很在乎我嘛……」

雜亂的腳步聲踩著積雪，格格作響，高飛在洞內十分的警覺，心中暗暗地想道：「泰山地處青州，青州如今是袁紹的地盤，**莫不是袁紹發現了我的蹤跡，派人來殺我的吧？**」

高飛豎起耳朵，感受到那腳步聲越來越近，也暗暗地屏住了呼吸。

洞外的腳步聲越來越近，可是明顯地放慢了速度，最後竟停止了，再也聽不見任何人的腳步聲。

正在高飛納悶的時候，忽然聽到洞外傳來一個巨大的吼聲，激蕩得山洞內回音不斷。

緊接著，巨吼的人便喊話道：「裡面的人給我聽著，給我乖乖的出來，否則老子進去，定要將你們砍成肉泥！」

高飛對公輸菲道：「你在這裡等著，別出來，我去洞外看看。」

公輸菲沒有放高飛走的意思，撅著嘴道：「要去咱們一起去，我不想一個人待在這裡。」

「不行，外面情況不明，不知道來的是什麼人，這裡是袁紹的地盤，萬一來的是袁紹的人，那就糟了。你在這裡等著，就算真是袁紹的人，十幾個人也奈何不了我。等我收拾完了外面的那群人後，再進來接你。」

公輸菲道：「我不怕，我就要跟你一起去，有我在，沒有人能夠傷害咱們兩個，我有……」

「我知道你有機關鳥，可是你的機關鳥現在派不上用場，你就留在這裡，聽話，等我回來接你就是了。」高飛輕輕地掰開公輸菲的手，話音一落，徑直朝山洞外走了出去。

公輸菲見高飛走，也跟了過去，剛走兩步，便見高飛回過頭衝她吼道：「留在山洞裡，別出來，一會兒我來接你，相信我！」

公輸菲見高飛的臉變得猙獰起來，她還是頭一次見到高飛如此模樣，將她嚇了一跳，不由地退後一步，點點頭，目送著高飛出了山洞。

山洞外面的雪地上，站著十三四個手持長刀，頭裹黃巾的壯漢，見到高飛從山洞裡赤手空拳出來，便緊握著手中的長刀，擺開要進攻的架勢，等著頭目的一聲令下。

高飛一出山洞，看見是一群裹著黃巾、手持長刀的漢子，鬆了口氣，自語道：「原來是黃巾賊啊！」

從十幾個頭裹黃巾的漢子裡走出一個虯髯大漢，一臉的橫肉，打量了高飛一眼，便道：「你好大的膽子，居然敢擅自闖入我們的地盤，今天算你倒楣。兄弟們，把這傢伙拉下去剁了餵狼！」

領頭的賊人話音一落，便有兩個壯漢朝高飛走了過去。

高飛只有一個人，對方在人數上占有絕對的優勢，他見那兩個賊人向他走來，便先發制人，一個箭步衝了過去。

此舉令所有的賊人都吃了一驚，他們見高飛不退反進，而且身影很快，只在他們的眼前晃動了一下，那兩個去抓高飛的粗壯漢子手裡的長刀便落在了雪地上，兩人則捂著腹部癱軟在雪地上，痛苦地呻吟著。

高飛從地上撿起那兩把長刀，握在手裡，指著領頭的漢子道：「你們這些賊人，今天如果不把你們給除掉，只怕日後還會禍害其他的人，你們一起上吧！」

領頭的頭目舞動著手中的長刀，冷笑道：「小子，看來你還有兩下子，不過，你可別太狂妄，這偌大的泰山，方圓百里內都是我們的人，就算你能從這裡逃走，也絕逃不掉我們大當家的手掌心。識相的話，就跟我乖乖的回山寨，只要你願意加入我們，我可以向大當家的舉薦你，擔任個小頭目也不成問題。」

「哦，方圓百里之內？你的話才是說大了呢，我上山的時候已經看過了，這周圍根本沒有什麼其他人。我也奉勸你們一句，如果你們識相的話，就請讓開一條道，否則的話，就讓你們血濺當場！」高飛面色凝重地道。

那頭目嘿嘿笑了兩聲，見高飛沒有束手就擒的打算，便將手一招，大聲喊道：「兄弟們，一起上，他就一個人，我們有十好幾個，一人一刀將這個說大話的人給剁成肉泥。」

「是！」十幾個人在那頭目的命令下，一擁而上。

高飛早就做好了準備，緊握手中的長刀，見十幾個人撲了過來，沉著應戰，將手中的長刀舞動的像花朵般漂亮，只聽見「噹噹噹」三聲兵器的碰撞聲後，高飛便從那十幾個人中間穿了過去，他的刀口上也沾滿了血絲，正在向下滴著鮮血。

# 第八章

# 誤上梁山

大廳的門匾上寫著「忠義堂」三個字，讓高飛看了，頗有一種上了梁山的感覺。一進入忠義堂，高飛便見到忠義堂裡坐著五個形色各異的漢子，臉上都露著凶神惡煞的表情，身上帶著一股匪氣，讓人看了有幾分生畏。

這時，九個人同時丟下了手中的兵器，用手捂著喉頭，鮮血不斷從破裂的喉嚨中向外噴湧，他們卻連喊都喊不出來，陸續癱倒在地，眼裡對高飛充滿了怨恨和驚恐，身體抽搐一會兒便停止了動彈。

「好……好厲害……」

頭目和另外兩個人握著手中顫巍巍的長刀，看到自己的兄弟在一瞬間被高飛用刀劃破喉嚨，而且還是一刀封喉，對面前站著的人感到了一絲懼意。

高飛握著兩把帶血的長刀，犀利的目光緊盯著那個頭目，惡狠狠地道：「現在該輪到你們了。」

頭目吞了一口口水，見高飛邁出了一個步子，靈機一動，大聲喊道：「等等，你不想要你同伴的性命了嗎？」

高飛心中一驚，道：「你們抓了黃承彥？」

頭目點點頭：「我不知道他叫什麼名字，但是抓到的人是個瘦子。」

「他在哪裡？快說，不然我就殺了你們！」

「在山寨，你要是想見他的話，就放下武器，跟我們回山寨！」

高飛道：「想威脅我？我最不喜歡別人威脅我了，我先殺了你們幾個人，再去你們的山寨把人救出來。」

「說的倒是輕巧，山寨易守難攻……」

頭目的話還沒有說完，便見一個漢子匆匆忙忙地跑了過來，喊道：「四當家的，袁紹的軍隊打過來了，大當家的讓你趕緊回去商議事情。」

「什麼？袁紹的軍隊打來了？」頭目轉頭對高飛道：「小子，今天我暫且放過你，等我擊退了袁紹的軍隊再回來收拾你。記住，我叫吳敦，你的性命我要定了。」

高飛覺得吳敦這個名字很耳熟，急忙道：「你們的大當家是不是叫臧霸？」

吳敦停住腳步，看了眼高飛，問道：「你到底是誰，居然知道我們大當家的名字？」

高飛嘿嘿一笑，驚喜道：「沒想到還真是臧霸……」

吳敦擔心高飛是袁紹的奸細，手握長刀，另一隻手摘下頭上裹著的黃巾，怒道：「你果真是袁紹派來的奸細，兄弟們！把這個人給我砍了！」

「等等，我認識你們大當家的，不是奸細。快帶我去見你們大當家的，我有擊退袁兵的計策。」高飛叫道。

吳敦看高飛的樣子不像是說謊，可是高飛殺了他的部下，他也有點畏懼，見高飛拿著刀，便道：「你必須讓我們把你給綁起來才可以，你太危險了！」

高飛將手中的長刀丟到地上，朗聲道：「可以，只要讓我見到臧霸就行！」

吳敦見高飛真的束手就擒，反而感到了一絲意外，但是事情迫在眉睫，他也只能先將高飛給綁回去了，至於怎麼處置，就要看大當家的了。

他朝身後的兩個人使了個眼色，又朝地上躺著的那兩個人踢了兩腳，道：「起來，把人給綁了。」

那兩個被高飛擊倒在地的漢子這會兒爬了起來，和另外兩個手持長刀的漢子一起向高飛走了過去，從背後掏出一條早已準備好的麻繩，就要去綁高飛。

「等等！」公輸菲突然從山洞裡跑了出來，「把我也一起帶走！」

「你出來幹什麼？回去，在這裡等著，我一會兒回來接你。」高飛衝公輸菲喊道。

公輸菲哪裡肯聽，快步跑到高飛的身邊，撲在高飛的懷裡，緊緊地抱著高飛，深情地道：「要走一起走，要留一起留，無論如何我都要和你在一起。」

高飛衝那四個要來綁他的人喊道：「你們綁我就可以了，她沒有一點危險。」

吳敦見公輸菲相對瘦弱，看上去像個娘們兒，便道：「只綁那個壯的……」

四個賊漢子迅速地將高飛五花大綁一番，便看了看吳敦，等候吳敦的命令。

吳敦隨即指著兩個漢子道：「你、還有你留下，把兄弟們的屍體給埋了，你們兩個和我一起把這個漢子押回山寨。」

高飛和公輸菲跟著吳敦一起下了玉皇頂，沿著陡峭的山道向山下走了一會兒，到了半山腰的時候，便看見一處寬闊的平臺，平臺的不遠處是一處茂密的森林，一行人便進了森林。

又走了大約兩三里路，眼前豁然開朗，一座很大的山寨映入高飛和公輸菲的眼簾裡。

山寨可謂是依山傍水，背靠陡峭的斷崖，一條溪水從斷崖上流淌下來，直接從山寨穿行而過，山寨的另外三面則被茂密的森林環繞著，當真是隱秘萬分。

「沒想到此處還有如此大的一座山寨。」

高飛看到山寨周邊是用石頭堆砌而成的岩牆，裡面一間間木屋、石屋林立，在寨門那裡更是站立著許多穿著普通百姓服裝的漢子，手持利刃地在那裡走來走去，不禁說道。

同時，高飛也發現山寨裡的人都沒有裹著黃巾，還有幾個人穿著不同樣式的戰甲，便問道：「你們不是黃巾賊？」

吳敦笑道：「黃巾賊？哈哈，黃巾賊可沒有我們這樣的山寨，當然，我們收留的也有不少投降的黃巾賊，但是我們不是黃巾賊，**我們是俠盜。**」

「俠盜？」高飛聽吳敦自詡為俠盜，不知道為何，覺得有點好笑。

吳敦道：「跟你也說不清楚，等會兒見了我們大當家的，他要是不認識你，老子第一個宰了你。」

高飛一路上穿州過縣，都是化裝成老頭子，到了泰山之後，他就卸去裝扮，展現在人前的是一個年輕的壯漢。

他看了眼身邊的公輸菲，問道：「怕嗎？」

公輸菲搖搖頭，挽著高飛的胳膊，答道：「沒什麼可怕的。」

吳敦道：「確實沒什麼好怕的，伸頭、縮頭都是一刀，一刀下去，你可能連疼痛都感覺不到。」

進了山寨，山寨裡的人都畢恭畢敬地叫吳敦一聲四當家的，吳敦便帶著高飛、公輸菲直接進了山寨裡的一個大廳。

大廳的門匾上寫著「**忠義堂**」三個字，讓高飛看了，頗有一種上了梁山的感覺。

一進入忠義堂，高飛便見到忠義堂裡坐著五個形色各異的漢子，每個人的臉上都露著凶神惡煞的表情，身上帶著一股匪氣，讓人看了倒是有幾分生畏。

「吳老四，你怎麼才來？」

坐在忠義堂正中間首位上的漢子一見吳敦進來，便大聲喊道：「你怎麼把人帶到這裡來了，快送到地牢去，怎麼一點規矩都不懂？」

說話那人便是整個山寨的寨主，也是這群山賊的大當家的，姓臧名霸，字宣高。

臧霸身材魁梧，目光炯炯有神，他的頭髮披散著，看起來很有型，加上面貌也不醜陋，看上去給人一種型男的感覺。

高飛不等吳敦回話，立刻喊道：「臧霸，我是特地來找你的，我可不是吳敦抓來的人，我是為了見你，自願讓他抓來的。」

「吳老四，這是怎麼一回事？」臧霸的目光犀利，緊緊地盯著吳敦，斥責道。

吳敦聽到臧霸和高飛的對話，便知道高飛和臧霸並不認識，可是事到如今，他也只有硬著頭皮了，畢竟高飛說他有退袁兵的計策，姑且死馬當活馬醫，便走到臧霸的身邊，小聲在臧霸的耳邊說了幾句話。

臧霸聽後，抬起眼皮看了眼高飛，仔細地打量了一番，問道：**「我並不認識你，你為何要見我，有什麼目的？是不是曹操派你來的？」**

高飛怔了一下，尋思道：「難道曹操也在招攬臧霸不成？」

「你怎麼不回答？」臧霸見高飛沒有說話，厲聲問道。

高飛道：「我既非袁紹的人，也非曹操的人。我此番來見你，是為了你好。我剛才聽說袁紹的兵打過來了，我只想幫你度過眼前的這個難關而已。」

「僅此而已？」臧霸狐疑地問道。

「就這麼簡單。」

臧霸見高飛一派英武的樣子，便道：「你叫什麼名字？」

「名字不重要，重要的是，**你現在應該放開我，讓我知道袁紹的兵馬來了多少，又在何處，你的兵將又是何等實力，我才能定出退敵之策。**」

臧霸見高飛談吐不凡，而且他當前面臨的形勢確實很緊張。他是泰山郡華縣人，黃巾起義時，他應募在陶謙的帳下，作為陶謙的騎都尉，率部平定了徐州的黃巾，後來他又北入青州，收降了一部分黃巾賊，便脫離了陶謙，和吳敦、尹禮、孫觀、孫康、昌豨，屯兵在徐州的開陽一帶，自成一方宗帥，但還和陶謙保持著微妙的關係。

曹操攻打徐州時，臧霸主動帶兵幫助陶謙，結果被曹操所部的夏侯惇給打敗，被迫退到青州。在青州又遇到袁紹軍的狙擊，部眾死傷過半，這才遁入泰山，當起了山賊。袁紹幾次派兵前來圍剿，皆因臧霸占據了泰山的地理優勢而未能成功，反讓臧霸在泰山上站穩了腳跟。

泰山郡本來屬於兗州，袁紹出兵幫助曹操攻打青州，並且要求將泰山郡劃到青州，歸屬袁紹。曹操在攻打徐州時損兵折將，暫時沒有實力和袁紹對抗，便隱忍答應，忍痛將泰山郡割讓給袁紹，但另一方面，曹操卻在暗中聯絡身處泰山的臧霸，想讓臧霸成為自己的部下，並以臧霸牽制袁紹在青州的兵馬，算是對割讓泰山此一恥辱的報復。

臧霸尋思許久，這才對高飛道：「你說你能退敵，可我憑什麼相信你？袁紹為了圍剿我，沒少費功夫，倘若你是袁紹派來的奸細，那我讓你知道了我軍的實力，豈不是自取滅亡嗎？」

「哈哈哈，臧將軍防備心確實不錯，難怪這麼久以來，袁紹的兵馬都拿你沒辦法。不過，泰山太小，一旦被大軍團團圍住，封鎖了進出泰山的要道，然後步步為營的話，不出三個月，定然能夠將你們全部絞殺。」

臧霸的背上冒出了冷汗，高飛所說的，正是他所擔心的，所以他才和袁紹的軍隊打游擊戰，沿著泰山山脈來回走動，這邊搶一下糧，那邊殺幾個人，讓袁紹的軍隊摸不到他的具體位置，就無法向他下手。

他心中暗想：「不管他到底是誰，能夠一下子便說出我所處之地的危險，單從這一點上，他就不是個一般的人物。曹操的將領我大多見過，袁紹的將領我也見得差不多了，可是這個傢伙明顯不是向著袁紹的，難道真是曹操派來的人？」

想了良久，臧霸終於開口道：「那你可有什麼辦法解決當前的現狀呢？」

高飛看著自己身上綁著的繩子，道：「既然將軍想聽我說，那這樣將我綁著，可是待客之道？」

臧霸的武藝不弱，加上這忠義堂內外都是他的人，沒有什麼好怕的，當即擺擺手道：「給這位壯士鬆綁！」

「大當家的，不能鬆綁，這傢伙是個危險人物，剛才還殺了我部下的九個兄弟。」吳敦擔心地道。

臧霸冷笑一聲，左手摸了摸放在身邊的一把長刀，朗聲道：「有我在這裡，他要是敢亂動，我一定將他砍成肉泥！」

高飛見臧霸很有魄力，不像吳敦那廝一般，便道：「臧將軍請放心，這裡到處都是你的人，就算我再怎麼強，也不能對付你整個山寨的人，這點自知之明我還是有的。」

臧霸哈哈笑道：「鬆綁！」

高飛被解除了捆綁，拉著公輸菲的手，徑直坐在旁邊空著的座椅上，然後侃侃說道：

「泰山郡原本屬於兗州，據我所知，曹操為了答謝袁紹出兵相助，便將泰山郡割讓給了袁紹，併入袁紹所占領的青州。泰山郡更是地處兗州、青州、徐州三州交界處，曹操和袁紹必然會為爭奪泰山郡而明爭暗鬥。剛才將軍問我是不是曹操派來的人，也就是說，曹操在有意籠絡將軍，是也不是？」

臧霸點點頭：「沒錯，曹操確實有意籠絡我，而且袁紹也的確在和曹操明爭暗鬥，為的就是泰山郡。正如壯士所說，泰山郡地處三州交界處，如今兗州、徐州皆屬曹操，青州則屬於袁紹。而泰山郡有其獨到的地理優勢，泰山的山脈縱橫百餘里，可以作為天然的一道障礙阻礙州與州之間的道路，所以泰山是曹操和袁紹進行爭奪的關鍵所在。」

臧霸頓了頓，接著道：「如果曹操得到了泰山，就可以窺視青州；如果袁紹得到了泰山，就可以窺視兗州和徐州，與其說袁紹是來攻打我，倒不如說袁紹是想趁機占領泰山。因為曹操雖然答應將泰山郡劃給袁紹，但是泰山郡裡還有曹軍存在，並未真正的施行，泰山也就成了分水嶺，東邊是袁紹軍，西邊是曹操軍。曹操不能明目張膽的和袁紹爭奪，所以派人暗中聯絡我，想讓我成為他的部下，並且資以糧草、軍餉、兵器、戰甲等，讓我再次抵抗袁紹。」

高飛聽完，對泰山的形勢有了新的認識，他一路上並未聽人談起過泰山的事情，而且離泰山越近，人口就越稀少。原本他以為是泰山的環境惡劣所導致的，現在才知道，人口之所以稀少，是因為這裡經常爆發戰爭，百姓怕受到牽連，便遷徙到了其他地方。

「此事倒是很複雜，超出了我的預料。臧將軍，請你相信我，我不是袁紹和曹操的人。」

「相信你？你讓我拿什麼相信你？」

臧霸的戒備心很強，因為他占據泰山差不多有半年了，半年的時間裡，他一直夾在曹操和袁紹之間，雖然說曹操沒有直接派兵前來圍剿，但是對他施行的封鎖足以讓人致命。若非是泰山的山林裡有許多野果、野獸，他這群兄弟早就餓死了。

高飛道：「事到如今，我也不得不表明身分了，其實我是……」

「大當家的，袁軍的先頭部隊已經離泰山不足十里，守山的兄弟們問該如何防守？」一個漢子跑進了忠義堂，尖銳的聲音打斷了高飛的話。

「那麼快？先鋒是誰？」臧霸表現的很冷靜，不動聲色地問道。

「先鋒是高覽，袁紹的兒子袁譚帶著大部隊緊隨高覽的後面，前後相擁，絡繹不絕，大約有一萬三千多人馬。」

「嗯，知道了，你去告訴守山的兄弟，後撤十里，緊守葫蘆口，我一會兒便到。」臧霸吩咐道。

來人「諾」了一聲，便立刻跑走了。

忠義堂裡的氣氛一時間變得緊張起來，在座的人，臉上都顯出一絲憂慮。

「大當家的，袁軍一萬三，我軍只有兩千，這一仗能打得贏嗎？」發話的人叫尹禮，是山寨的三當家，也是一個身體強壯的漢子。

二當家昌豨豪邁地道：「打得贏就打，打不贏就跑，大不了咱們離開這裡，朝去海上，占個一兩個島，收羅一些漁民，也落得逍遙自在。」

五當家孫觀道：「從這裡到海邊還有好長一段路呢，萬一被袁軍給追上了，那就得不償失了。曹操的軍隊目前就駐紮在西南的巨平，我們不如去投靠曹操吧。上次咱們幫助陶謙，雖然和曹操有點嫌隙，可是曹操還是大人大量，多次派人來籠絡我們，投靠他準沒錯。」

六當家的是孫康，也是孫觀的弟弟，他聽孫觀說要投靠曹操，便附和道：「對對，大當家的，曹操對咱們還不錯，再說上次咱們幫助陶謙的事情也早已經過去了，我們去投靠曹操吧。」

昌狶怒道：「曹操是在利用咱們，不能投靠他！再說咱們殺了曹操不少將校，表面上對我們客氣，誰知道暗地裡會不會對我們下手。以我看，應該逃，逃到海上，縱橫在青州和徐州的海面上，豈不逍遙自在！」

孫觀、孫康齊聲道：「二哥就知道逃，那麼長的距離，咱們兩條腿的，哪裡能跑得過袁紹軍的四條腿的？萬一被追上了，我們都得死，還是趁現在去投靠曹操吧。」

「去海邊，絕對不投靠曹操！」昌狶怒道。

「投靠曹操，去海邊只有死路一條！」孫觀、孫康堅持己見。

忠義堂中兩派人馬吵個不停，臧霸、尹禮、吳敦沒有說話，皺起了眉頭。

高飛聆聽著昌狶、孫觀、孫康喋喋不休的爭吵，目光卻盯著臧霸，想看看臧霸到底有什麼辦法可以解決目前的危機。

臧霸突然抽出長刀，一刀劈向身邊一張桌子，但聽一聲巨響，那張桌子被劈成了兩半。忠義堂裡頓時鴉雀無聲，昌狶、孫觀、孫康停止爭吵，等候著臧霸發話。

臧霸見安靜下來，收刀入鞘，語重心長地道：

「大家都是兄弟，當同生共死，如今我們大敵當前，豈是起內訌的時候？投靠曹操也好，逃到海上也罷，這一切都必須在我們迎擊袁軍之後。我們占據地理優勢，雖然人少，只要緊守住葫蘆口，就可以做到一夫當關萬夫莫開；如果形勢不妙，我自然會決定是投靠曹操還是逃到海上。

「你們既然奉我為主，就必須聽從我的命令，我們並不是山賊，而是俠盜，之所以流落到此，也是被逼無奈，我只想讓你們記住，**我們不是賊，我們是悠遊於天地間的俠，盜取惡霸的財富分給窮苦的人，這才是我為什麼當初脫離陶謙的目的，也是為什麼我會率部幫助陶謙抵抗曹操的目的，更是為什麼我們會聚集在這忠義堂的目的！**」

「啪啪啪……」

高飛聽完臧霸的話，突然深受感動，抑制不住自己的心情，歡快地鼓掌，並且大叫道：「好，臧將軍真是一名義士也！」

臧霸早有計策，他雖然暫時沒有好的計策退敵，但是他堅信守住險要之處才是上策。此時見高飛為他鼓掌，對他大加讚賞，便抱拳道：「壯士，既然你有退敵之策，我願聞其詳，如果壯士能幫我們度過這次難關，臧霸定當重謝！」

高飛笑了笑，道：「臧將軍，我只想問你一個問題，你回答我之後，我自然會將退敵之策告訴你。」

臧霸道：「壯士請問。」

「撇開大敵當前的袁紹軍不說，曹操多次派人前來籠絡你，你為什麼沒有去投靠曹操呢？」高飛道：「這個問題對我很重要，我希望你認真回答。」

臧霸聞言道：「曹操雖然多次派人來徵召我，還說不計前嫌，但是曹操在攻打徐州時，屠殺了幾十萬無辜百姓，屍體漫山遍野，充塞河道，泗水都為之斷流。此等屠夫，不是我臧霸應當侍奉的主子。更何況，**曹操之所以派人來籠絡我，無非是想利用我，讓我在泰山牽制袁紹，只要袁紹的軍隊過不了泰山，他的軍隊就能在泰山之西駐守**，如果不到萬不得已的地步，我寧願帶兵到海上，也不願意投靠曹操。」

高飛聽完，暗想道：「歷史上，臧霸曾經幫助呂布抵抗過曹操，呂布失敗後，他率領殘部逃走，後來雖然投靠了曹操，貌似也是因為勢窮，**好一個臧霸，好一個將才。**」

「臧將軍，你過來，我教你如何退敵。」高飛，朝臧霸招了招手。

臧霸現在有求於高飛，自當屈尊聆聽。他走到高飛身旁，抱拳道：「壯士，有什麼妙計，還請告知。」

高飛問道：「你現在有多少能夠作戰的兵力？」

「兩千三百零六人。」臧霸答道。

高飛又問道：「又有多少天的糧草？」

「額……糧草半個月前就已經沒有了，只靠在山中狩獵為食，間或吃點野果野菜充饑。」臧霸尷尬的答道。

高飛對臧霸起了一絲敬佩，不想在這樣的條件下，還能在泰山上堅持半個月之久。

他皺起眉頭問道：「如果我讓你捨棄你現有的山寨，轉移到其他地方，你可願意放棄在泰山上的一切嗎？」

臧霸毫不猶豫地道：「這有什麼不願意捨棄的，我早就想離開此地了，只是周圍都是袁紹、曹操的兵將，我暫時也沒有什麼好去處，只能先在泰山上落腳。」

高飛道：「你剛才讓守兵退後十里，堅守險要之處，這一點做得非常好，泰山入山的山路難行，馬匹極難通行，就算要強行通過，也會阻礙速度。袁軍先鋒大將高覽必然是率領騎兵隊伍到來，這樣一來，就會多出許多時間來。這段時間對於轉移來說已經足夠了，你只需要讓守兵做一些假人立在險要之處，並且給假人穿上衣服，帶上盔甲，從遠處看，足可以假亂真；另外，在入山的必經之路設下障礙，多用巨石鋪路，阻擋袁軍前進，然後將所有人撤離，在泰山的山脈中穿梭，暫時離開此地。」

臧霸顯得很迷惘，問道：「逃離此地？可是我已經沒有什麼去處了……」

「不，你有！你出了泰山，便一直向東走，到青州東萊郡黃縣的海邊，那裡有一個漁村，到漁村裡找一個叫羽高的人，自然會有人帶你離開東萊郡，東渡到遼東郡。」

「遼……遼東？」臧霸吃了一驚，道：「那裡不是燕侯高飛的燕國嗎？你是讓我去投靠高飛？」

高飛點點頭，道：「怎麼，你不願意？」

臧霸遲疑道：「燕侯大名如雷貫耳，我聽聞燕國被治理得井井有條，可是我和燕侯並不相識，他會收留我嗎？」

「會的，燕侯求賢若渴，像你這樣能夠獨當一面的大將之才的人，正是燕侯最需要的。」

臧霸尋思了一下，忽然恍然大悟，道：「壯士莫非是燕侯派來的人？」

「哈哈哈，你才發現嗎？不過也不算太晚。燕侯聽聞你的大名，特地派我來徵召你，只要你願意，燕國的大門隨時向你敞開。如果你不願意的話，燕侯也不勉強，畢竟人各有志，強扭的瓜也不甜。」

高飛說著話，一邊從袖筒掏出一個刻有金色羽毛的權杖，將權杖遞給臧霸，道：「這個給你，你持有此物，到了東萊黃縣海邊後，便將這個東西交給那個叫羽高的人，他自然會替你們安排渡船，載你們渡海。」

臧霸接過權杖，看了一眼，問道：「壯士，從這裡到東萊，一路上要走很遠的路，萬一被袁軍咬住了，那豈不是……」

高飛道：「這個你可以放心，袁紹若得到了泰山，必然不會進行追擊的，他會忙著向西進軍，去接管泰山郡的其他諸縣。何況，青州刺史是袁紹的兒子袁譚，此人好大喜功，與你們這兩千多人比起來，占領泰山郡更重要，所以你們向東走，一路上絕對安全無虞。」

臧霸聽了覺得頗有道理，不禁拜道：「壯士搭救之恩，臧霸無法言表，敢問壯士姓名！」

高飛隨口道：「哦，你就叫我余子高吧。」

「余壯士，聽你的口吻，似乎並不準備和我們一起走，如今袁軍已經快要包圍此山了，莫非余壯士另有其他出路？」

高飛笑道：「臧將軍不必為我擔心，我一普通老百姓，袁紹的人不會為難我們的。另外，還請臧將軍放了關押的黃承彥，此人和我是朋友。」

「黃承彥？」臧霸扭頭看了眼吳敦，問道：「今天抓人了？」

吳敦道：「抓了一個瘦子，是跟余壯士一起來的，我見他們昨夜在泰山之巔附近的山洞裡過夜，就沒去打擾。今天早上，那瘦子想下山，就被我擒獲來了，現在關在地牢。」

臧霸道：「還不快去將黃承彥給放出來！」

「諾！」

過不多時，吳敦將黃承彥帶到忠義堂，黃承彥一見到高飛，臉上便是大喜，剛想張嘴，便聽高飛喊道：「黃兄別來無恙，余子高這裡有禮了。」

黃承彥是個聰明人，一聽高飛自稱是余子高，便明白過來，心中想道：「余子高不就是羽子高嘛，把名字反過來念，看來是不想讓這幫賊人知道他的身分。也對，畢竟他是燕侯，萬一被賊人抓了，那就糟糕了。」

「多謝余兄弟的搭救之恩。」黃承彥驚喜地拜道。

高飛道：「黃兄，這裡不宜久留，趁著袁紹的兵馬還未到來，我們應該立刻下山才是。」

「余壯士，我派人送你下山，這裡有一條近路，可以直接通到山外，也剛好可以避過袁紹的兵馬，你們先走，我和其他弟兄們好好的準備一番後就離開這裡，然後按照余壯士的話去東萊郡。」

高飛抱拳道：「嗯，臧將軍，那我先走了，我在薊城等著你。」

臧霸道：「余壯士多多保重，老四，你帶幾個兄弟送余壯士下山。」

吳敦「諾」了聲，向高飛、公輸菲、黃承彥打了一個手勢，便道：「余壯士，請！」

在吳敦的帶領下，高飛、公輸菲、黃承彥很快便離開了山寨，然後朝山下走了一段路，便拐入一個密林，沿著密林一直向山下走，便看見一條很隱蔽的道路。

吳敦道：「余壯士，沿著此道一直走便可下山，大約一個時候後便能出山，再向前走半個時辰，就進入奉高地界，也可以躲避袁紹的兵馬。我還要回去和大當家的張羅一下，就不遠送了。」

高飛抱拳道：「有勞吳四當家的了，請轉告大當家的，我在薊城等著他。」

吳敦道：「一定，就此告辭。」

高飛和吳敦分開之後，便和公輸菲、黃承彥一起沿著山路向下走。走了一段路，黃承彥便道：「侯爺，這夥賊人是什麼人？」

高飛道：「他們不是賊人，是俠盜，劫富濟貧的遊俠。」

黃承彥沒有再問，而是靜靜地走著路。

高飛見黃承彥身材瘦小，可是走起路來卻很快，而且身形也顯得很敏捷，便問道：「黃兄，你不是想到燕國去嗎，我現在正要回去，你要不要跟我一起回去？」

黃承彥道：「侯爺的好意在下心領了，只是在下離家太久，妻女都在襄陽，怕他們惦記。不過侯爺放心，改日我一定會親赴燕國拜訪，到時候還請侯爺不要閉門不見才是。」

高飛哈哈笑道：「好吧，那我也不勉強。如果荊楚一帶有什麼好的名士，先生也不妨推薦一二，燕國初建，正缺少人才呢。」

黃承彥道：「一定一定。」

三個人一邊走著一邊聊著，當快走到一半路程的時候，便聽見遠處山路裡傳來一陣馬嘶人沸的聲音，在山谷中回音不斷。

「看來袁紹的兵馬已經到了。」高飛自言自語道。

中午的時候，三人才走出泰山，眼前豁然開朗。站在平地上，高飛和黃承彥話別之後，便帶著公輸菲迅速離開此地，先進奉高縣去買馬，然後啟程回幽州。

奉高縣的縣城外，聚集了一批袁紹的兵將，奉高縣的城門都被士兵把守住，此時的奉高縣已經作為征討泰山的臨時指揮所了，但是士兵們都很鬆懈，在城門口站著有說有笑的，對於過往的行人也不進行盤查。

高飛和公輸菲很快進入了縣城裡，從縣城裡的大戶人家那裡買來了兩匹馬和一輛馬車，高飛也進行了一番化妝，打扮成車夫的模樣，載著公輸菲，在城中買了些食物，便準備出城。

到了城門，高飛趕著馬車剛走出去，便聽見背後一個喊聲：「前面的馬車停下！」

與此同時，守在城門邊的士兵也圍了過來，高飛勒住馬匹。

從後面來了一小隊騎兵，一個身穿盔甲的騎將，帶著十餘名騎兵來到高飛的身邊，看高飛一臉的麻子，嘴歪眼斜的，那騎將便揚起馬鞭，指著高飛問道：「咦？怎麼換車夫了，老王呢？」

高飛忙道：「老王今天不舒服，主人便讓我替老王趕車。」

那騎將看了眼馬車，臉上露出一絲笑容，對高飛道：「你趕著馬車跟我走！」

高飛見那騎將相貌端正，年紀不過三十歲左右，青鬚白臉，配上那身盔甲，倒是看起來很英武。只是，他見這騎將二話不說便叫他跟著他走，心中著實有點納悶，卻也只好跟著。

出了城後，那騎將讓跟隨他的騎兵散去，只帶著高飛向一處偏僻的樹林裡走。

到了樹林之後，那騎將方才對高飛道：「好了，你可以走了。」

高飛怎麼可能會走，馬車上坐著的人可是他的女人。那騎將翻身下馬，一臉色相地朝馬車走去，雙手不斷地搓著，淫笑道：「小寶貝，等急了吧，我來了哦！」

不等那騎將走到馬車旁，高飛便一個箭步擋在那騎將的身前，嘴也不歪了，眼也不斜了，抱著膀子擋在那騎將的面前。

騎將嚇了一跳，衝高飛喊道：「你活膩了？還不快點給我閃開？懂不懂規矩?!」

馬車的捲簾被掀開，公輸菲從捲簾裡探出了頭，看到高飛擋在一個穿著鎧甲的人面前，便問道：「這裡是哪裡？」

高飛道：「沒事，你坐好，一會兒咱們就回家。」

公輸菲點點頭，放下了馬車的捲簾。

騎將很吃驚，指著馬車裡的公輸菲問道：「這……這到底是怎麼一回事？柳夫人呢？」

「什麼柳夫人不柳夫人的，我不知道，這馬車是我買的。」

騎將打量了一下高飛，突然拔出腰中的佩刀，臉上露出猙獰，喝道：「你這個賊人，竟然敢偷柳府的車？簡直不想活了，就憑你也買得起這輛馬車？快快束手就擒，和我回城裡接受處罰，否則的話，就讓你血濺當場。」

高飛大概搞清楚這騎將為什麼叫這輛馬車跟著他走了，應該是這騎將和所謂的柳夫人偷情，把這馬車裡的人當成柳夫人了。他可沒功夫理會這個偷情的騎將，看這騎將的打扮，也不過是個軍司馬之類的官職，他轉身去牽馬車。

「站住！」騎將暴喝一聲，掄起佩刀便向高飛的背後砍了過去。

高飛早有防備，待那人一刀砍過來時，身子微微一側便躲了過去，那人的攻勢落空，他順勢抓住那人握刀的手臂，用力一捏，便讓那人疼得亂叫，手中握著的長刀也掉落在了下來。

他的腿迎著刀柄便是一腳，將佩刀踢到空中，一手將那人給牢牢地抓住，另一隻手卻接住佩刀，直接架在了那人的脖子上。

那人臉上一寒，哪裡會想到一個馬夫會有如此俊俏的功夫，急忙道：「好漢饒命，好漢饒命，我有眼無珠，冒犯了好漢，還請好漢手下留情，我上有八十歲的老母，下有八個月大的孩子，我還有……」

「夠了，又是老一套說辭，能不能編點新的花樣？」高飛朝那人的屁股上踹了一腳，直接跪倒在地，佩刀的刀鋒仍不忘架在那人的脖子上。

「好俊的空手奪刀啊，這麼好的功夫不參軍倒是可惜了。」

從一棵大樹的後面走出來了一名戴著熟銅盔，身披鐵甲，腰中懸著一口長劍的漢子，正一臉笑吟吟地朝高飛走了過來。

高飛見那人穿著打扮都是袁紹的軍的模樣，便問道：「你躲在樹後面有多久了？」

那人指著被高飛架住的騎將道：「你們沒有來我就在這裡了，就是為了等這個畜生！」

那騎將一臉的驚恐，斜眼看那名穿著盔甲的人，立刻叫道：「韓將軍救我。韓將軍救我……」

「閉嘴！我沒有你這樣的部下，就算這位壯士不殺你，我也會殺了你，你勾引柳府的夫人，又姦淫別人妻女，哪一條都是死罪。我今天到之所以會在這裡，就是為了捉到你。」被稱呼為韓將軍的人厲聲道。

高飛將手中的刀朝一邊的地上一扔，刀刃徑直插進了土裡，道：「這是你們的事，我管不了，也不能越俎代庖，你自行處理即可。」

話音一落，高飛轉身便要走。

「站住！」韓將軍喊道：「我沒說你可以走……」

「哦？那請問韓將軍，為什麼不讓我走？」高飛問。

韓將軍道：「普通的馬夫怎麼可能會有如此俊俏的功夫，而且，你的嘴歪眼斜也是裝出來的，我看你一臉的麻子也是假的吧。你這個人很可疑，我懷疑你是奸細，所以，請你跟我到縣城走一遭。」

高飛反問道：「那我要是不同意呢？」

韓將軍冷笑道：「那你就只能橫屍此地了，見了閻羅王，可別說我韓猛沒有給你辯解的機會。」

「原來他就是韓猛……」高飛尋思道：「**顏良**、**文醜**、**張郃**、**高覽**都是袁紹帳下的猛將，並稱為**河北四庭柱**，我拐走了張郃，估計韓猛這根柱子就該晉級到四庭裡面了吧？」

「我不想和你糾纏太多，你若是執意要殺我的話，我也沒有什麼話說，咱們來打就是了，鹿死誰手還尚未可知呢。」

韓猛心裡清楚，單從剛才高飛空手奪刀的身手來看，就已經很不平凡了，只是他也很想弄清楚高飛的身分，他緩緩地從腰中抽出佩劍，橫在胸前，對高飛道：「請出手吧！」

高飛見韓猛非要打，他要是不出手，韓猛也一定會出手，萬一真打起來，引來袁紹軍的士兵，那他想走都走不了啦。

他靈機一動，對韓猛道：「韓將軍武藝高強，在下佩服。如果我能在十招之內空手奪下你手中的長劍，你就放我走，怎麼樣？」

韓猛冷笑一聲：「好大的口氣，不用三招，我就能把你砍成肉泥。」

高飛撩起衣服的下擺，紮在腰裡，雙腿微微分開，一手背後，一手向前攤開，打出一個漂亮的請的手勢，對韓猛道：「韓將軍，請！」

韓猛當仁不讓，提劍跨步，快速地朝高飛跑了過去。

高飛全神貫注地看著韓猛衝過來，他大話已經撂下了，自然不會退縮，屏住呼吸，看著韓猛攻來的角度。

「唰！唰！唰！」

韓猛衝到高飛的身前，長劍出手，一招三劍直截了當的劈了下去，毫無任何的花架子，每一劍所劈之處都是高飛身上的要害部位，出手十分的狠辣。

高飛自然不會去接，他只能利用自身的敏捷去閃躲，同時注意韓猛出劍的速度和角度，以及劍招之間的變化，以便在最短的時間裡算出韓猛下一招的角度。

空手奪刃的功夫屬於後發制人，只能先讓對方出手，看準對方出手時的破綻，再迅速做出反應，或拿手腕，或纏住手臂，力求一招便將對方的兵刃給奪下來，不然的話，一招沒有奪下來，後面就會陷入永久性的被動。

當然，這也得看交手雙方的實力，如果讓高飛去奪呂布這號人物的兵刃，那簡直是不可能實現的。

高手過招，講究的就是心與神合，身與形合，高手的招式就算是最普通的一招，也會充滿力量，完美無缺。

韓猛見一擊未中，高飛直接閃到了一邊，將手中長劍一抖，中途變招，立刻平削過去，大喝一聲「呔」，又是一招三劍連出，削、刺、砍一氣呵成，逼得高飛緊皺眉頭。

高飛利用自身的靈敏，巧妙的避過了韓猛的第二招，劍鋒從面前削過，寒光一閃之間，讓高飛的背脊上起了一絲涼意，心中暗叫道：「好快的劍！」

韓猛是一名劍客，短兵相接是他的強項，戰場上馬戰也不含糊，雖然不受袁紹重用，但是在袁軍中卻一直是舉足輕重的一個重量級人物。他的劍法相比之下，比顏良、文醜、高覽都要高，此時一出手便是殺招，快、準、狠是他劍法的獨特之處。

這邊韓猛和高飛打得不可開交，那邊公輸菲從馬車裡探出了頭，一臉的擔心樣子，看著高飛被韓猛逼的躲躲閃閃卻沒有出手的機會，心裡很著急。

躺在地上的那個騎將看見公輸菲探出頭，眼睛骨碌一轉，心想：他若是抓了公輸菲，便能要脅高飛。他念頭一定下，看見不遠處地上的佩刀，便去拿了起來，衝著馬車裡的公輸菲跑了過去。

公輸菲正聚精會神地看著高飛和韓猛打鬥，面前突然一個騎將一臉猙獰地提著刀朝她衝了過來，她意識到危險，大聲喊道：「你別過來，否則你會沒命的……」

那騎將哪裡肯聽，操著刀便向馬車砍了過去。公輸菲「啊」的一聲尖叫，直接躲到馬車裡。

高飛已經躲閃韓猛五招攻擊了，至今還沒有發現韓猛的絲毫破綻，他總想和韓猛保持距離，以便從遠處觀察韓猛的劍法，可是韓猛就像看透了他的心思一樣，一直纏著他，兩個人之間的間距一直在韓猛的劍網之下。

公輸菲的一聲尖叫聲傳到高飛和韓猛的耳朵裡，高飛心下一驚，斜眼看見剛才那個騎將正要爬上馬車朝裡面鑽，大叫一聲：

「菲菲……」

寒光從高飛的手臂上劃過，疼痛立刻從左臂傳到高飛的中樞神經裡。他咬著牙，朝馬車跑了過去，叫道：「菲菲……」

「啊——」

一聲淒慘的叫聲從馬車裡傳來了出來，爬進馬車裡的騎將捂著臉逃出了馬車，臉上掛滿密密麻麻的針孔，兩隻眼睛血肉模糊，鮮血順著臉向下流淌，一雙招子也徹底的廢了。

緊接著，那騎將的臉上變得鐵青，整張臉變成了綠色，口吐白沫，臉上的皮膚也隨之腐爛了起來，弄得面目全非，抽搐了幾下，便不再動彈了。

公輸菲此時從馬車裡探出了頭，手中握著長刀，將長刀朝外面一拋，看了一眼死在地上的騎將，嘟囔道：「早跟你說過了，讓你別過來，你就是不聽，死了活該！」

「菲菲！」高飛見公輸菲從馬車裡出來，關心地問道：「你沒事吧，有沒有傷到哪裡？」

公輸菲搖搖頭，見高飛胳膊受傷了，眼裡閃現一絲淚光，心疼道：「你流血了，疼不疼，痛不痛……」

高飛見公輸菲沒事，心便安定下來，笑道：「沒事，我沒事，一點皮外傷而已。」

公輸菲目光朝高飛的背後看了過去，急忙道：「他來了，你快轉身，我的暴雨梨花針只能用一次，這下我保護不了你了。」

高飛聽公輸菲說起暴雨梨花針，再看看剛才死的那個騎將的臉，便明白了。他立刻轉過身子，看到韓猛提著長劍朝馬車這邊走了過來，便道：「剛才是我大意了，還有五招，我們還沒有結束呢。」

韓猛停下腳步，看著高飛的左臂已是鮮血淋淋，又見地上的那個騎將已經死了，便將長劍插入了劍鞘裡，冷冷地道：「不用比了，你走吧。」

高飛不太明白韓猛的意思，便問道：「你不怕我是奸細？」

「就算你是奸細，我也奈何不了你，再打下去，也徒勞無益。剛才若不是你分心的話，這一劍我根本傷不到你，我使出了我畢生所學最厲害的五招殺招，均被你巧妙的躲過了，顯然你對劍法很精通，也遠在我之上。何況你赤手空拳和我打鬥，我還傷不到你，說明我根本打不過你。我今天是來懲罰我的部下的，既然他已經死了，我也沒必要在把不相干的人捲進來了。你走吧，趁我還沒有改變主意之前，趕緊離開這裡。」韓猛朗聲道。

高飛抱拳道：「韓將軍，我們後會有期！」說完，高飛便上了馬車，駕著馬車就要向前走。

「等等！」韓猛突然叫道。

「怎麼，你想反悔？」高飛問道。

韓猛道：「我只想問你一件事，你是不是曹操派來的？」

高飛道：「你放心，我不是曹操的人。」

韓猛這才放心下來，擺擺手道：「走吧，趕緊離開這裡，一會兒就會有巡邏的兵將過來。」

高飛再次抱拳道：「韓將軍的義舉，在下記住了，他日若有緣再會的話，我必當登門拜訪。」

「駕」的一聲大喝，高飛便駕駛著馬車走了，快速地沿著官道朝北方而去，踏上了回薊城的路途。

# 第九章

# 各懷鬼胎

高飛道：「公孫瓚如今兵馬已達四萬，屯兵在南皮，表面上是袁紹的手下，實際上卻一直想借用袁紹奪取幽州，然後分庭抗禮，兩個人雖然各懷鬼胎，但是目標一致，矛頭都指向了我。所以我軍必須小心應對。」

高飛和公輸菲的泰山之行沒有白去，雖然墨家已經不存在了，但是他們卻得到了墨家機關術的精要，除此之外，高飛成功說服了臧霸一夥人，算是籠絡了一個將才。

另外，一路上穿州過縣，讓他徹底的深入敵後，瞭解到袁紹地盤上諸多不穩定的因素，對以後如何攻打冀州的戰略得到了一定的幫助。

從泰山歸來，高飛便迅速和公輸菲舉行了婚禮，只不過，是一次小型的婚禮，高飛除了邀請幾個心腹愛將來參加之外，誰也沒叫。不是他不想大辦，而是公輸菲不讓，她不愛熱鬧。

婚禮的第二天，高飛還在婚房裡抱著公輸菲熟睡，昨夜的一番纏綿讓他感到十分的困頓，以至於睡到日上三竿的時候還沒有睡醒。

「咚咚咚！」

敲門的聲音將高飛驚醒，打開門，看見高林站在門外，高飛打了個哈欠，道：「你敲門敲得那麼急，是不是有什麼緊急的事？」

高林抱拳道：「主公，荀先生從漁陽回來了，帶回一批奉命督造的戰甲，特地想請主公過目。」

高飛道：「好，我知道了，你先去吧，我換身衣服就來。」

「諾！」

關上房門，高飛見公輸菲還在熟睡，便沒有打擾她。他現在已經有三個女人了，貂蟬、蔡琰、公輸菲，三個女人，三種不同的風韻，每一個都讓能讓他得到生理上的滿足，他已經別無所求了。

高飛找了一套厚衣服，穿在身上，徑直朝大廳走去。

大廳裡，荀攸端坐在胡椅上，靜靜地等候高飛的到來，地上擺放了好幾種戰甲，高林正蹲在地上一個一個的檢驗。

「參軍，這戰甲是不是太厚了點？」

高林提起了一個通身精鋼打造的戰甲，整個戰甲就像一個馬甲一樣，直接套在人的身上，前胸後背都有著一層厚厚的鋼板，中間和裡面是用一層皮革襯起來，省得在和皮膚接觸的時候磨蹭皮膚。

荀攸道：「這叫厚板甲，主公說就要這樣的板甲，用於遮擋敵人的箭矢，準備組建一直重步兵營。」

高林道：「乖乖，光著戰甲就差不多有四十斤重，前後這兩塊鋼板足以抵擋任何武器的進攻。」

「確實，這種板甲厚一寸，我讓士兵用鋼製的長槍刺過，結果槍頭只進去了一點，絕大部分還在後面，算是最強的一種戰甲了。不過，人穿上這種戰甲之後，特別消耗體力。你想想，一個四十斤重的東西天天壓在你的身上，你平常很能跑，穿上這件戰甲以後，就會變得體力不足了。」荀攸將這種板甲的好處和缺點說了出來。

高林隨手放下，拿起一個組合式的戰甲，問道：「參軍，這是什麼甲？看樣子是要把全身都罩在裡面一樣，甚至連頭和臉都罩在了裡面。」

荀攸道：「它叫覆甲，意思是覆蓋全身的戰甲，主公說這種戰甲可以完全的將人的要害包裹起來，再配上很長的長標，就可以在敵軍中往來衝突。」

高林覺得很好奇，便要穿起來，荀攸也不反對，讓人將覆甲拆卸了一番之後，全部披在了高林的身上。

此時，高飛剛好從外面走進來，看到高林披著新式的戰甲，他看後感到很滿意。這樣的戰甲是他根據西歐冷兵器時代的騎士穿著而量身做的，如今看到高林全身覆蓋著這麼一層鎧甲，他就彷彿真個看到了歐洲的騎士復活了一樣。

不同的是，歐洲騎士的戰甲大多是用銀子製造的，而他是用鋼鐵，外觀上看著沒有歐洲騎士戰甲的光鮮和明亮。

高林戴著一頂頭盔，把他的臉全部的覆蓋住，只有一雙眸子從臉門前面的臉甲裡射出道道精光。

他的身上是一整套封閉式的鎧甲，完美的將他那雄壯的身軀給完全遮擋住。盔甲的兩肩更是高高的聳了起來，接著七八片精心打造出來的，彎曲成合適的弧度的鋼片，一片片的堆疊到手肘，這樣的疊瓦式的覆蓋方式，不但可以完全的保護手臂，更可以活動整個手臂，使得這盔甲最大限度的照顧到了防護和關節活動這兩大矛盾。

盔甲也是連著下肢的，腹中的板甲一直延伸到襠處，它在大腿上，也採用了和手臂一樣的設計。整體看起來，整套盔甲不但非常的有震撼力，而且還可以讓人感受到這盔甲的堅不可摧，以及穿戴這盔甲的人的超強力量。

「嗯，這正是我要的樣式，看來鋼鐵廠總算是把這戰甲給造出來了。」高飛歡喜地道。

高林、荀攸聽到高飛來了，急忙拜道：「參見主公！」

高飛道：「不用多禮，高林，你穿著重不重，大概感覺有多少斤？」

高林道：「是有點重，但是沒有板甲重，大概有個三十五斤左右。」

「你走兩步，試試如何。」高飛想徹底知道這鎧甲的性能如何，對高林道。

高林隨便走了兩步，又活動了一下關節，感覺還行，沒有那麼彆扭，便將感覺告訴高飛。

高林看地上還擺放著鎖子甲、魚鱗甲等不同的戰甲，便對荀攸道：「參軍，這些日子辛苦你了。這樣的各種戰甲都做了多少了？」

荀攸道：「啟稟主公，經過這半年工匠的一起努力，板甲有一萬副，覆甲有五千副，鎖子甲四萬副，魚鱗甲三萬副……」

高飛聽完之後，便道：「很好，有了這些戰甲，以後打仗的時候，就不會有太多傷亡了。高林，將武器庫裡新到的戰甲全部頒發下去，鎖子甲給所有的弓箭手，魚鱗甲給步兵，另外從軍營裡抽調出一萬名強壯的漢子，讓他們著魚鱗甲，再抽調五千騎兵全身著覆甲，另外給馬匹打造的戰甲也該生產出來了吧？」

「都已經送到庫房了，已經全部入庫登記在冊，一件也不少。」荀攸答道。

高飛欣慰地道：「從鮮卑那裡購買來的馬匹也都挑選好了？」

「都挑選好了，所有的馬都是負重力強，個頭高大的馬匹，完全可以背負一兩百斤的重量奔跑，就是速度上要慢了許多。」

高飛點點頭：「那就好，公達，你現在和高林一起去府庫，傳我的命令，讓黃忠、魏延、徐晃、陳到、文聘、褚燕、管亥、周倉都到校場領取戰甲。另外將剩餘的戰甲全部拉到幽州各地的駐軍那裡，步兵都換上統一的戰甲，騎兵內穿鎖子甲，外披魚鱗甲，務必讓全軍都更換了，沒有更換的都記下來，等新的一批戰甲出來了，再進行更換，就先由范陽和天津開始進行裝備的置換。」

「諾！」

吩咐完畢，高飛親自趕赴校場，挑出了一萬五千人，以一萬人作為重步兵營，另外五千人則作為重騎兵營，而且還是組成連環馬。他也將連環馬陣的作戰要領給和紀律說給士兵聽，算是組建了**第一支連環馬陣的隊伍**。

更換完畢戰甲之後，高飛特別徵召褚燕、周倉主管重騎兵營，又讓陳到、文聘、管亥主管重步兵營，此後每日都會在校場進行訓練，以達到適應重量的結果。黃忠、徐晃、魏延則帶領其餘的步兵和騎兵進行操練。

三月二十三日，半個月的時間裡，與薊城相鄰的幾個郡縣都已經更換完畢第一批士兵的戰甲。

這天，高飛還在校場上看著用鐵鍊鎖在一起的重騎兵組成的連環馬陣進行操練，高林慌裡慌張地跑了過來，一臉喜悅地道：「主公，軍師讓主公速回侯府一趟，說是要給主公一個驚喜。」

高飛道：「這個賈詡，不知道葫蘆裡又在賣什麼藥了。」

回到燕侯府，一進大廳，高飛便看見臧霸、昌豨、尹禮、吳敦、孫觀、孫康六人在座，他這才明白賈詡口中的驚喜是指什麼。

臧霸一見到高飛一身便裝的從外面走了進來，抱拳道：「余兄弟，我沒有失約吧？」

高飛哈哈笑道：「很好，果然沒有失約，你來得很及時，現在正是需要用人的地方。」

賈詡好奇道：「主公認識臧將軍？」

高飛點點頭。

臧霸一臉震驚地道：「你就是燕侯？」

高飛哈哈笑道：「我並不是存心要騙你們的，只是當時那種情況下，也唯有出此下策了。」

臧霸急忙拜道：「燕侯大仁大義，卻是是我無法比擬的，我們千里迢迢來到了，就是為了投靠侯爺，還請侯爺收留。」

高飛道：「我早已經說過了，只要你們來投，我就一定歡迎。」

大廳內其樂融融，臧霸一拍自己的腦袋，哎呀的叫了一聲，隨即說道：「我真蠢，侯爺當初說自己叫余子高，這不正是侯爺把名字給倒過來取的諧音嘛。」

高飛哈哈笑道：「無所謂，只要你們能來我就很高興，臧將軍，這一路上讓你辛苦了，從東萊到遼東，又從遼東到薊城，如此折騰我也是有點過意不去。」

臧霸抱拳道：「侯爺太過客氣了，臧霸能有幸投靠侯爺，已經很知足了。只是在下有一點不明白，為什麼侯爺在東萊黃縣的海邊還設下了一個秘密的渡口呢？難不成侯爺有跨海奪取青州之意？」

高飛道：「暫時不會，只是用於接待青州百姓逃離到遼東罷了。你也知道，青徐一帶並不太平，百姓多受罹難，所以我才在那裡設下了一個秘密渡口，以供轉移百姓之用。」

「侯爺為國為民，實在令在下敬佩萬分……」

臧霸向自己的幾個兄弟使了一個眼色，昌豨、尹禮、吳敦、孫觀、孫康都站在了臧霸的身後，一起抱拳道，「我等飄零江湖許久，從未遇到過侯爺這種主公，如蒙侯爺不棄，我等願意率部歸順到侯爺麾下，誓死追隨侯爺！」

高飛的用意很清楚，他之所以讓臧霸到幽州來，就是為了收服臧霸，此時見臧霸主動歸順，便歡喜地道：「好好好，你們不必多禮，從此以後你們就歸到我的麾下。軍師，命人備下酒宴，好好款待六位壯士的到來。」

賈詡見高飛對臧霸很器重，便「諾」了一聲，隨即吩咐士兵去備宴。

酒宴上，臧霸、昌豨、尹禮、吳敦、孫觀、孫康六人都是狼吞虎嚥，一路上風餐露宿，可讓這些漢子餓壞了，這時看見好酒好肉都上來了，便大口大口的吃了起來，每個人都如一頭饑餓的野狼。

吃飽喝足之後，高飛讓賈詡給臧霸一行兩千餘人安排下了軍營，並且頒發統一的武器、戰甲，讓臧霸暫時擔任橫野將軍，昌豨、尹禮、吳敦、孫觀、孫康六人結為臧霸部下軍司馬。

處理完臧霸來歸順的事情後，賈詡再次找到高飛。

「主公，如今已經進入春季，據盧橫彙報，袁紹的軍隊已經在范陽一帶蠢蠢欲動，並且增調了不少馬步，以屬下看，袁紹很可能會在不久後對我軍展開攻勢，主公應該及早防範。」

高飛道：「嗯，渤海郡的公孫瓚一直按兵不動，我去泰山的時候，曾經兩次從渤海郡穿行而過，在渤海郡也瞭解到了一些資訊。公孫瓚如今兵馬已達四萬，屯兵在南皮，表面上是袁紹的手下，實際上卻**一直想借用袁紹奪取幽州，然後分庭抗禮，兩個人雖然各懷鬼胎，但是目標一致，矛頭都指向了我**，所以袁紹若要出兵，公孫瓚也必然會從渤海攻打天津，再加上劉備一行人也暫時在袁紹的帳下，如今的袁紹已經今非昔比了，可謂是擁有了三家不同戰力，我軍必須小心應對。」

賈詡道：「目前我軍和鮮卑各部族都友好相處，雲州的商業貿易也是如火如荼，而東夷在胡彧的治理下，這半年來稍有起色，東夷人畏懼主公武力，暫時不敢輕動。屬下以為，現在應該是主公積極進行備戰的時候，可以抽調各處精英兵將會聚於薊城，只要戰端一開，便可以隨時進入戰爭階段。」

「好，就這樣辦，你即刻下令，命趙雲、張郃、龐德、胡彧各抽調一半部下到薊城。另外，讓昌黎太守蓋勳趕赴代郡，代替趙雲駐守代郡，雲州暫時交給士孫佑，瀋陽交給國淵，撫順和鐵嶺全部交給於毒，至於東夷之地就交給伊夷模治理，讓胡彧帶領精銳部下到薊城來。」

「諾，屬下這就去給各位將軍下達命令。」

高飛目送賈詡離開，隨即又讓人將田豐喚來。

田豐如今是燕國的國相，處理燕國所有的日常政務，可謂是日理萬機。但是他確實在施政上有著很大的才華，在處理政務上也是得心應手。他一接到高飛的傳喚，便立刻跑到了燕侯府，前來拜謁高飛。

「主公如此匆忙的傳喚屬下，不知道所為何事？」

高飛道：「自你擔任國相以來，燕國的政務都沒有出現過什麼紕漏，這大半年來，燕國開墾荒地無數，興修的水利也在燕國境內縱橫，加上你又提議大肆發展畜牧業，使得烏桓人積極投身到了飼養馬匹、牛群、羊群的熱情中，在一定程度上彌補了我軍對戰馬、耕牛的需求。我此次讓你過來，是準備獎賞給你一百斤黃金，以資鼓勵。」

田豐推辭道：「主公，如今燕國正在蒸蒸日上，各處建設都需要挪用大筆的錢財，這一百斤金子足以購買十匹上等的戰馬，屬下斷然不敢收，還請主公收回成命。」

高飛道：「好吧，既然你執意不肯，那我也不勉強。荀諶、郭嘉、許攸、司馬朗在你手下做事還好吧？」

田豐道：「他們四人也都是兢兢業業地完成主公所交托的任務，荀諶管理錢糧、郭嘉管理鹽鐵、許攸管理軍備、司馬朗管理戶口，都是各司其職。」

高飛道：「很好，從今天起，你要給我準備五萬馬步軍一年用的糧草和軍餉，不知道有沒有問題？」

田豐聽完，立刻問道：「主公莫不是要攻打冀州了？」

高飛笑道：「兵馬未動糧草先行，必須先準備妥當了，我才能對冀州展開攻擊。不知道這一年糧草和軍餉，可否有困難？」

田豐道：「主公執掌幽州時，曾經減免了幽州境內一年的賦稅，而且所收賦稅也很低，籌集起來，確實有點困難。不過主公不用擔心，只要給屬下一個月的時間，屬下定當籌集到足夠七萬馬步軍享用一年的糧草和軍餉，以備戰時之需。」

高飛很清楚自己燕國的處境，他執掌幽州時，便抄沒了洛陽來的九大富商和幽州境內的八大惡霸的全部家產，雖然一時間得到了很多財物和糧草，但是時隔一年半，這一年半中，幽州的各項建設都在用錢，可謂是入不敷出，除了來自雲州城進行的貿易收入之外，幽州就沒有一點款項收入，所謂花錢如流水，為了搞好幽州的各項基礎建設，那些錢財早就已經用去了大半。

要知道，**打仗打的就是國力**。不打仗的時候，幽州有足夠維持十萬軍隊的糧草和軍餉的能力，但是一旦開戰，在錢財和糧食上的消耗就會成倍增加。

高飛不清楚田豐將要用什麼方法來籌集這些糧草和軍餉，但是他相信田豐，便對田豐道：「國相，你需要如何做，就放開手去做吧，我不會過問。」

田豐「諾」了聲，便退出燕侯府，開始實施籌措糧草和軍餉的計畫。

第二天，田豐就開始了行動，派出了許多驛卒，往來奔赴在各郡縣之間。他讓各郡縣提前半年收攏百姓的賦稅，並且派人向各地富紳進行募捐。他還親自去了一趟士孫瑞的府邸，讓士孫瑞再次放了一次血。

要說士孫瑞也算是夠慷慨的，或許是因為當官當上癮了，對錢財就看得很淡薄了，一聽到高飛正在為南下攻打冀州做準備，並且將雲州全權委任給了自己的兒子士孫佑，他便立刻拿出現有家產的一半資以軍用，還分出士孫府三分之一的米糧。

幽州的百姓也都深受高飛的恩惠，聽說收取賦稅時，非但沒有進行抵抗，反而主動上繳，主要是十稅一的賦稅在整個大漢境內都是最低的了，加上這兩年幽州境內大豐收，百姓也都變得富庶起來，所以有的大戶還一次交三年的賦稅。

短短的一個月內，幽州境內各處的兵馬不斷地朝薊城雲集，而各郡徵收賦稅完畢的運糧車隊和運錢財的車隊也都紛紛進入薊城，使得薊城再次成為了整個冀州錢糧廣集，兵馬最多的城池。

四月二十六日，田豐順利籌措完戰時可供八萬馬步軍一年享用的糧草和軍餉，而幽州各地的兵馬也全部雲集薊城。

這一月的時間內，袁紹雖然斷斷續續地向中山、河間增兵，卻並沒有展開什麼大的行動，而高飛也在積極備戰，一方面讓新組建的連環馬營和重步兵營進行操練，一方面讓各部將軍訓練各部的士卒。

五月初五，端午節的時候，天氣開始燥熱起來，薊城內外彙集了五萬馬步大軍，除了一萬重步兵、五千組成連環馬的重騎兵外，其餘的全部是清一色的輕騎兵，高飛進行了一次閱兵儀式。

在觀看閱兵儀式的時候，高飛看到所有的士兵都是身披鋼甲、手持鋼製的武器，心中頗為高興，當即朗聲對士兵喊道：「將士們，你們都是我幽州的健兒，我們要以鋼鐵的意志，擊敗一切敵人，讓世人都知道，你們是最強的鋼鐵戰士！」

「威武！威武！威武！」

閱兵儀式過後，高飛便將所有的將領和謀士全部聚集在一起，在燕侯府的大廳裡，大聲地道：「正所謂先下手為強，如今我軍糧秣齊備，軍馬整齊，是時候和袁紹開戰了。」

燕侯府的大廳裡，文武齊聚，眾人聽完高飛的話語之後，都紛紛表示贊同。

賈詡首先說道：「主公，若要攻打冀州，必先取渤海，公孫瓚兵馬不過四萬，屯在南皮已久，同時也是袁紹的心腹大患，如果主公以為劉虞復仇為藉口，南下攻打渤海郡，袁紹未必肯幫公孫瓚。」

許攸道：「啟稟主公，軍師所言甚是，公孫瓚之流兵馬雖多，可部下對他的忠誠卻不夠，加上這兩年公孫瓚在渤海郡橫徵暴斂，窮兵黷武，百姓深以為恨。如果主公能展開速攻，和公孫瓚速戰速決的話，就算袁紹想救也來不及。一旦主公占領了南皮，殺了公孫瓚，就等於斷了袁紹一臂。」

荀諶開口道：「主公如若出兵，幽州境內必然空虛，屬下以為，並州的呂布這兩年在對付鮮卑人的戰鬥中表現的非常突出，常常深入塞外數百里直搗鮮卑各部。並州兵十分的彪悍，如果呂布知道幽州空虛，守備不足，萬一對幽州動了心，直接從雁門攻打代郡的話，我軍就陷入了兩線作戰的局面了。屬下以為，主公當立刻招募烏桓突騎屯在代郡進行戒備。」

高飛聽三位謀士說的都非常有道理，便點點頭，目光掃視了一眼在場的群將，對丘力居、烏力登、難樓三個人道：

「如今是我軍南下攻打冀州的關鍵時刻，我軍共有十萬正規軍，其中軍隊中有一半是烏桓人，也就是說，我們現在已經是成為一體了，不再有胡漢之分，如果我敗了，烏桓人也會受到牽連；如果我勝了，烏桓人也必然能夠在冀州一戰中揚名天下。你們的部族都駐紮在昌黎郡，烏桓人人可以控弦在馬背上馳騁，我想請三位將軍分別徵召一萬烏桓騎兵屯駐在代郡，不知道三位將軍以為如何？」

丘力居、烏力登、難樓早已全部歸順了高飛，對高飛的話也是言聽計從。何況他們確實召集過五萬精銳的烏桓突騎加入到高飛的正規軍裡，對他們而言，高飛已經是他們烏桓人的首領了，他們也將高飛當成了興盛烏桓人的帶頭人。

這兩年來，高飛在幽州境內推行胡漢聯姻政策，十八驃騎裡的龐德、高林、盧橫、卞喜都娶了烏桓的女人當妻子，更有不少將校也娶了烏桓的女人當妻子，烏桓和幽州一帶的漢人間的矛盾得到了緩和，也正朝好的方向發展。所以，三人一聽到高飛的話，皆異口同聲地答道：「末將領命！」

高飛見丘力居、烏力登、難樓都接受了他的意見，便道：「好，三位將軍即日啟程，先行趕赴代郡，等烏桓騎兵一到，就請三位將軍和太守蓋勳相機而動。」

丘力居、烏力登、難樓三人「諾」了一聲，便離開了大廳。

高飛接著道：「子龍，煩勞你率領一萬輕騎本府范陽，協助盧橫共同鎮守范陽，待我攻下渤海之後，你和盧橫就率領范陽大軍一路南下，我們在鉅鹿郡的癭陶城會合。」

趙雲的臉上已經長出了小鬍子，常年的軍旅生涯，讓他白皙的皮膚也變得有點黝黑了，卻依然遮擋不住他帥氣的臉龐，加上他那撮小鬍子，反而平添幾分男性的陽剛之美。

他出列抱拳道：「諾！只是，子龍怕一人無法勝任，還請主公派給子龍一位軍師。」

高飛環視一眼諸位謀士，問道：「誰願意助子龍一臂之力？」

歐陽茵櫻立刻站了出來，向高飛拱手道：「主公，小櫻願意和趙將軍一道，還望主公成全。」

趙雲笑道：「既然有歐陽姑娘親自相助，真是子龍的福分。主公，我看就歐陽姑娘吧，我聽說她在東夷之戰時替主公出謀劃策，我也想見識一下歐陽姑娘這位女中豪傑！」

許攸卻站了出來，反對道：「主公，此事事關重大，還請主公三思而行。攻打冀州不比東夷，袁紹帳下謀士眾多，萬一……」

「許參軍莫不是看不起我？」歐陽茵櫻不滿地道。

許攸忙道：「不不不！我不是這個意思，我只是擔心……」

歐陽茵櫻打斷許攸的話，道：「主公，小櫻甘願立下軍令狀，如果不能幫助趙將軍順利到達癭陶城，小櫻甘願一死。」

趙雲對歐陽茵櫻頗有好感，趕忙拱手道：「主公，我看就歐陽姑娘吧。」

高飛見趙雲維護歐陽茵櫻，便點了點頭，他也想見識見識歐陽茵櫻有多厲害，何況，趙雲，趙雲、盧橫都是獨當一面的大將，更有管亥、周倉二人在，他沒什麼好擔心的。

歐陽茵櫻、趙雲齊聲道：「多謝主公！」

高飛隨即給了她權杖，歐陽茵櫻便和趙雲一起走出大廳，去點齊兵馬了。

「臧霸，你在薊城內尚有兩千部下，我希望你留守薊城，和國相大人、士孫太守等人一同守好薊城。」

臧霸出班道：「主公，攻打袁紹，不用屬下嗎？」

高飛道：「不是我不用你，而是你剛來不久，你的部下並未接受正規訓練，在作戰方式上會有諸多不同，鎮守薊城也同樣是頭等大事。」

臧霸跪在地上，抱拳道：「主公，屬下的部下可以全部委託給國相大人，屬下兄弟六人願意跟隨主公左右。袁紹殺我部下數千人，這仇我一定要報，請主公無論如何都要帶屬下參加戰鬥。」

昌豨、尹禮、吳敦、孫觀、孫康五人也一起出列，跪在地上，異口同聲地道：「請主公成全！」

高飛道：「那好吧，你們六人就留在中軍，歸屬中軍將軍高林調遣，你們的部下就移交給國相大人。」

「諾！」臧霸等一起答道。

高飛看了眼田豐，道：「國相，薊城就拜託你了。」

田豐道：「主公放心，有屬下在，可保薊城無虞。」

高飛尋思了一下，覺得尚有不妥，便道：「司馬朗、夏侯蘭，你們二人留在薊城，協同國相鎮守薊城。」

司馬朗、夏侯蘭異口同聲地道：「屬下領命。」

「其餘人各自回去準備，明日一早，大軍便向天津進發！」高飛站了起來，宣布道。

「諾！」眾人齊聲道。

高飛離開大廳，來到後院，與三位妻子一一話別。

此時，貂蟬挺著大肚子，正坐在房間裡繡著嬰兒鞋，身邊坐著高飛的另外兩個妻子蔡琰和公輸菲。三個女人平常沒事的時候就會聚在一起閒聊。

高飛見三個妻子相處十分和睦，心中暗道：「看來，三個老婆都成好姐妹了。」

高飛心裡很明白，這次對冀州的攻擊，**將會是場惡戰，也必然會是一場耗時**

很長的戰鬥，恐怕會有幾個月回不來，因為光袁紹的軍隊就有二十萬人，其中在冀州的有十五萬，所以他必須向妻子話別一下。

小小的庭院裡，貂蟬、蔡琰、公輸菲有說有笑的，貂蟬在做女紅，蔡琰在吹奏笛子，公輸菲則擺弄她新做的機關獸，三個不同性格、不同經歷的女人在一起，儼然成就一臺好戲。

高飛並沒有因為任何人而冷落另外一個，他有他的同房規則，因為貂蟬懷有身孕，所以高飛基本上單日在蔡琰的房中過夜，雙日在公輸菲的房中，白天一有時間就陪在貂蟬的身邊，好好看護貂蟬和她即將出世的孩子。

三個人見高飛來了，都面露歡喜，紛紛叫道：「侯爺！」

高飛笑道：「你們其樂融融，確實不錯，我也省心多了，明天我就要出征了……」

「侯爺要攻打冀州了嗎？」公輸菲停下手中擺弄的機關獸，問道。

高飛點點頭，道：「冀州的袁紹咄咄相逼，我必須先下手為強，這一仗可能會打很久，所以我先來跟妳們說一聲。」

蔡琰道：「侯爺打仗，要多加小心，刀劍無眼，萬一傷到了侯爺……」

公輸菲道：「不會的，侯爺武功高強，我見過，一般人是傷不到他的。侯爺，你帶我一起去打仗吧，我想親眼見識一下我製造的那些攻城武器的威力。」

高飛搖搖頭：「不行，你們全部待在燕侯府，一旦打起來，我就照顧不了你們了，而且軍營裡都是男人，不方便。」

貂蟬道：「兩位妹妹，就聽侯爺的，我們在侯府替侯爺祈福，祝侯爺早日凱旋歸來。」

公輸菲、蔡琰只好點點頭，臉上現出一絲沮喪。

高飛一把攬住公輸菲和蔡琰的肩膀，嘿嘿笑道：「別不高興，我很快就會回來的，今天日子比較特殊，晚上咱們雙飛。」

公輸菲、蔡琰一聽到高飛說起「雙飛」，臉上都一陣羞紅。當夜，高飛、蔡琰、公輸菲三人在房裡纏綿了很久。

第二天一早，四萬馬步軍齊聚薊城城外，在高飛的一聲令下後，便向天津進發，爭奪冀州的戰役，也即將打響……

幽州，天津城內外雲集了五萬五千人的大軍，高飛彙集眾將，準備由天津南下，攻打盤踞在渤海郡的公孫瓚。

此次為了南下爭奪冀州，高飛動用了八萬正規的大軍，范陽由趙雲坐鎮，兵力兩萬五千人，以歐陽茵櫻為軍師，盧橫、管亥、周倉為副將，由范陽出兵，吸引袁紹的注意力，直撲鉅鹿郡。

高飛則親率屯在天津的五萬五千大軍，進攻渤海郡的公孫瓚，力求斬斷袁紹一臂。

五月十日，秘密準備了許久的戰爭一觸即發。

高飛打著**為劉虞報仇的旗號，公然撕破了和袁紹之間的口頭友好協定**，親率精銳的三萬輕騎兵馳入了渤海郡境內。高飛採取速攻，所過之處，凡是遇到公孫瓚的軍隊就全部殺掉，短短的一天半時間，大軍一路戰無不勝，連克章武、浮陽兩縣。

高飛並沒有占領一路上攻占的縣城，連兵都不留一個，而是親率隊伍直逼屯兵在南皮的公孫瓚。

五月十二日，高飛率領完好無損的三萬輕騎兵抵達南皮城外三十里，在南皮城外安營紮寨，等待賈詡帶領剩餘的兩萬五千人和糧草輜重隊的到來。

公孫瓚雖然有四萬兵力，可其中三萬八千人全部屯在了南皮，他在渤海郡橫徵暴斂，弄得各縣百姓紛紛逃離，或去鄴城，或直接逃到幽州。是以公孫瓚在章武、浮陽兩縣並未設立太多兵馬，所以高飛帶兵一路馳騁，如入無人之境，即使遇到小股公孫瓚的部下，高飛利用輕騎兵快速的機動力，一通橫掃便搞定了。

南皮城裡。

接到高飛南侵渤海消息的公孫瓚，顯得異常的冷靜，他端坐在太守府的大廳裡，環視一圈部下雲集的眾將，便道：「高飛終於來了，這一點在我的意料當中，你們可有什麼退敵之策？」

長史關靖道：「主公，高飛執掌幽州差不多有兩年了，如今親率大軍前來，幽州必然空虛，主公應該派遣使者趕赴鄴城，請求袁紹出兵相助，我軍則堅守南皮即可。」

公孫越道：「兄長，請給我兩千騎兵，我去高飛營外搦戰，定要斬殺高飛的幾員大將，以挫其銳氣。」

關靖道：「不可，燕軍的戰力強盛，其中有不少烏桓人，我軍如果硬拼的話，只會自取滅亡。為今之計，只能堅守南皮。主公這兩年對南皮城加固了不少，城中錢糧廣集，城防甚厚，只要堅守城池，等待袁紹援軍即可。一旦袁軍到來，我軍再配合袁軍一起殺出，定然能夠擊退高飛。」

嚴剛道：「懦夫！區區烏桓人算得了什麼，我軍有白馬義從，對付烏桓人不在話下。主公，末將請命和高飛一戰。」

公孫越也附和道：「兄長，高飛殺了公孫範，這個仇不能不報。咱們有三萬八千人，敵軍只有三萬人，如果進行決戰的話，一戰便可以將高飛擒獲。再說烏桓人都害怕兄長的威名，兄長一出，定然能夠讓烏桓人聞風喪膽。單經、田楷、王門、鄒丹四將雖然投降了高飛，但也是勢窮而投。斥候來報，說單經、田楷、王門、鄒丹四將這次也在大軍之中，作為太史慈的部將隨同太史慈一起出征，可以派遣細作去聯絡這四將，讓他們就地殺了太史慈。太史慈是高飛心腹愛將，又是當初的五虎將之一，太史慈若死，必然能夠讓高飛斷掉一條臂膀。」

「不可不可，屬下以為，堅守城池方為上策。高飛所帶全部是騎兵，不善於攻城，只要守住了城池，高飛也拿我軍沒有辦法。」關靖極力制止道。

公孫瓚聽完手下人的分析，看向一旁的一位年輕將領，問道：「續兒，你說該怎麼辦？」

那年輕的將領正是公孫瓚的兒子公孫續，聽到父親問話，回道：「父親大人，孩兒以為，以目前我軍的戰力，當和高飛進行一戰，如若不勝，再堅守城池即可。如果勝利了，自然能解南皮之圍。何況我軍向來以勇猛著稱，如果龜縮在城裡不出戰，不是我軍的作風，傳了出去，天下群雄還以為父親害怕高飛呢。」

公孫瓚點點頭：「公孫越、嚴剛，你們點齊三萬兵馬，隨我一同出戰。續兒，你帶領剩餘的八千將士留守城池。關靖，你火速馳馬到河間向劉備求援，另外派斥候去鄴城，讓袁紹帶兵來救。」

「諾！」

高飛的軍營裡，黑色的「燕」字大旗迎風飄揚，中軍的大帳裡，高飛和所有的謀士、將領齊聚一堂。

「主公，這會兒恐怕公孫瓚已經知道我軍到來了，沿途所遇的都是些蝦兵蟹將，公孫瓚將大軍屯放在南皮城裡，看來是想龜縮在城裡等待援軍了。」許攸臉上帶著一絲喜悅，對短短的一日便奔馳到南皮城外，他很開心。

「那倒未必，公孫瓚號稱白馬將軍，驍勇善戰，勇猛異常，其部下更有白馬義從這樣精銳的騎兵，一定不會龜縮在城裡。」高飛搖搖頭，「依照公孫瓚的性格，他若決定出戰了，必然會很快到來……」

卞喜從帳外趕來，一進大帳便抱拳道：「主公，公孫瓚帶領三萬馬步軍已經出城了，他親自帶領著一萬騎兵為前部，正朝我軍所在營地快速駛來。」

「果然不出我所料，**公孫瓚是找咱們決戰來了**。」高飛笑道。

「主公，屬下以為，此時正是退兵之際。」許攸靈機一動，急忙拱手道。

「退兵？不戰自退，肯定會使軍心混亂，許參軍，你安的什麼心？」太史慈立刻站了出來，大聲叫道。

許攸道：「太史將軍，現在公孫瓚來勢洶洶，我軍軍營草創，根基不穩，糧草供給也跟不上，現在退兵正是時候，只要退兵二十里下寨即可。」

高飛見許攸胸有成竹，看了眼荀攸，荀攸輕輕地點了點頭，便道：「傳令下去，大軍後撤二十里，將這座空營留給公孫瓚。」

太史慈驚詫道：「主公，我們鋒芒正盛，公孫瓚又主動來攻打，正是迎敵的時候，為什麼不戰自退？」

高飛道：「子義稍安勿躁，明日定然叫你手刃公孫瓚。好了，全軍後撤二十里，若再有多言者，定斬不赦！」

諸位將軍都拱手道：「諾！」

高飛看諸位將軍都退出了大帳，便對許攸道：「你有何計策，快快說來。」

許攸道：「**誘敵深入**！公孫瓚來勢洶洶，是專門找我軍決戰來了，我軍退兵並非是怕公孫瓚，而是讓他產生驕狂之氣，正所謂**驕兵必敗**，我軍正好可以利用這一點，主公只需要在後面每隔十里下一座營寨，公孫瓚來攻，我軍就退，退到八十里的時候，天色也差不多黑了，公孫瓚必然會留在野外宿營。如此一來，只要公孫瓚不回南皮，我軍就可以將其包圍起來，圍而殲之。」

高飛道：「高林，速速撤離此地，傳我命令，讓太史慈、胡彧、廖化三部兵馬每隔十里做下一寨，連續紮下七座營寨即可。另外讓黃忠、徐晃、魏延、龐德四將各率領五百弓騎兵沿途騷擾公孫瓚，阻滯公孫瓚前進的速度，儘量不要短兵相接。」

站在高飛身後的高林聽到之後，便立刻出了大帳。

高飛和大帳內的荀攸、荀諶、許攸三個人也開始著手準備撤離。

公孫瓚自引一萬騎兵在前，讓公孫越、嚴剛領兩萬步兵隨後，一路向前奔馳，走不到十里，便見前面來了一名斥候。

斥候見到公孫瓚時，便滾鞍下馬，抱拳拜道：「啟稟主公，前面出現燕軍四股兵馬，皆燕軍弓騎兵，領軍的分別是黃忠、徐晃、魏延、龐德四人。」

公孫瓚尋思道：「高飛帳下有燕雲十八驃騎，一下子就出動了四個人，實在不能小覷，四將分別帶來多少兵馬？」

斥候道：「每個人大約各帶數百騎，約有兩千騎左右。」

公孫瓚笑道：「區區兩千騎兵，也想擋住我一萬大軍的去路？周比、潘宮！」

兩匹戰馬從公孫瓚的背後湧了出來，兩名健壯的將領同時回答道：「末將在！」

公孫瓚道：「分你二人每人一千騎兵，散在左右兩翼，若遇到敵軍就攻擊，確保大軍安全通過。」

周比、潘宮是公孫瓚在渤海新招的兩員健將，聽到公孫瓚的命令後，便同時拱手道：「諾！」

吩咐完畢，周比領一千騎兵散在道路的左邊，潘宮領一千騎兵散在道路的右邊，先行離開公孫瓚的大部隊，到前方探路。

「穆順、郭英！」公孫瓚又叫道。

穆順、郭英同為公孫瓚在渤海徵召的健將，一起答道：「末將在！」

「給你二人一千騎兵，負責殿後，遇到什麼危險時，你們二人便火速帶領一千騎兵跑到後面告訴給公孫越和嚴剛。」

「屬下遵命！」

話音一落，穆順、郭英都一起調轉馬頭，轉身便從軍隊的後面截下了一千騎兵。

公孫瓚吩咐完畢，便大聲地「駕」了一聲，帶著剩餘的七千騎兵繼續向高飛營地而去。

公孫瓚帶著大軍向前走了不到五里，便見路邊的樹林裡橫七豎八的躺著一些自己部下的屍體，大多都是中了箭矢死的。

「主公，看來周比、潘宮遇到燕軍了。」公孫瓚身邊一員叫陳適的部將說道。

公孫瓚道：「從戰場上看，燕軍應該是小股部隊騷擾，並沒有大股部隊出現，應該沒有埋伏，繼續向前走，還有十五里就到燕軍大營了。」

再次向前奔跑，又走了不到五里，公孫瓚一行人正好遇上了周比、潘宮兩隊兵馬從前面回來。

兩下相見，潘宮拱手道：「啟稟主公，黃忠、徐晃、魏延、龐德四將已經被擊退。」

公孫瓚哈哈笑道：「好，幹得好，你們兩個不愧是我帳下的先鋒大將，歸隊，一口氣衝到燕軍營寨面前，將不可一世的燕侯高飛給徹底打垮！」

「諾！」

合兵一處，公孫瓚一馬當先，手持雙刃鐵矛向前不斷地奔跑。

一路狂奔，快要到高飛的燕軍營寨時，卻見斥候從前面回來，當即稟報道：

「啟稟主公，燕軍已經全部後撤，在二十里外紮營。」

公孫瓚不禁吃了一驚，暗叫道：「燕軍不戰自退，難道是高飛怕我不成？」

斥候道：「燕軍撤退的很倉促，就連營寨也沒有來得及拆除……」

「報──」

又一名斥候飛馬奔馳而來，「啟稟主公，前方發現敵軍，黃忠、徐晃、魏延、龐德四將正朝這邊殺來。」

公孫瓚尋思道：「怎麼又來了，剛撤退，又攻來，難道是為了掩護大軍撤退？」

潘宮道：「主公，請再給我和周比一人一千騎兵，我們必定將這四將擒來獻給主公！」

公孫瓚道：「不，全軍一起上，用大軍包圍他們，一口氣將他們全部吞併。」

潘宮、周比、陳適三將齊聲道：「諾！」

# 第十章

# 出奇制勝

高飛道：「因為你的思維，你的果敢。黃忠、徐晃、陳到、文聘都是穩重的人，可是要說到出奇制勝，我覺得他們四人不如你，你的思維活躍，通常你這種不按常理出牌的人能夠扭轉整個戰局，這就是我看重你的地方。」

計議已定，公孫瓚當即分給潘宮、周比、陳適三人一人一千騎兵，讓潘宮、周比散在兩翼，讓陳適曲線迂迴，然後包圍黃忠、魏延、徐晃、龐德四將，他自己領著剩下的軍隊正面迎擊四將。

大軍一分為三，迅速像一張大網似的張開了。

黃忠、魏延、徐晃、龐德四將各自率領五百弓騎兵，合兵在一處，四將並馬向前，皆按照高飛的吩咐進行騷擾公孫瓚軍，每個人都帶著一張大弓，腰中配著一把鋼刀，遇到敵軍衝上去便是一通箭矢，放完之後就撤，始終保持著敵進我退，敵退我進的打法，和敵軍保持著微妙的距離。

「老將軍，這一次公孫瓚肯定帶大軍全部殺過來，為了避免被公孫瓚的大軍合圍，我以為應當各自分開，向外突圍，彼此間拉開距離，橫向散開，可以吸引住公孫瓚不少兵力，給主公在後面紮營帶來方便。」徐晃一直沉默寡言，此時突然開口對黃忠說道。

這次行動的主將是黃忠，魏延、徐晃、龐德都是副將，四個人從第一次襲擊公孫瓚軍開始，就配合的十分有默契了，四個人所帶的士兵都是弓馬嫻熟的人，遠戰、近戰都不會出現任何事情。

黃忠是一流的神射手，手持黃金大弓，聽完徐晃的話後，便道：「公明言之有理，我們如此反覆的攻擊公孫瓚，公孫瓚肯定能看出來意圖，如果被公孫瓚給包圍了，那肯定要折損一些兵馬。在還未和公孫瓚軍正式交戰前，一定要儘量避免傷亡，橫向散開，每人帶一隊，分成四隊向公孫瓚攻擊。」

魏延道：「老將軍，我們內穿鎖子甲，外皮魚鱗甲，更何況公孫瓚軍的箭鏃都是鐵質的，根本無法穿透我們身上用鋼片做成的魚鱗甲，不如直接衝入敵陣，將公孫瓚一舉擊殺。」

龐德道：「此舉太過冒險，何況斬殺了公孫瓚，剩下的兵將如果不退的話，我們就會陷入重圍，如果退卻的話，他們就會回到南皮城，再攻打的話，就會有困難，還是按照主公的吩咐行事的好。」

黃忠為人也比較謹慎，他能窺探出高飛如此安排的意思，對魏延道：「文長，難道你沒有看出來主公的用意嗎？**主公志不在公孫瓚，而是在於公孫瓚的三萬兵馬**。主公採取這種誘敵深入的策略，定是為了殲滅公孫瓚的有生力量，一旦將公孫瓚包圍在野外，不僅可以招誘公孫瓚的部下投降，更能減輕攻打南皮的壓力，**我們這次是速戰速決，必須在公孫瓚的援軍到來前攻下南皮城**。」

「可是……我的策略也是正確的，正所謂擒賊擒王，斬殺了公孫瓚，公孫瓚的軍隊就會渙散，到時候再追殺也不遲啊。」魏延辯解道。

黃忠正色道：「我沒說你的策略不對，可是你別忘記了，公孫瓚要是死了，南皮城還在，而且袁紹也會派人前來，到時候，剩下的公孫瓚軍的兵將定然會全部歸附袁紹，如果據守南皮城的話，我軍就無法展開速攻。我是主將，你們都聽我的，就按照徐公明的建議，橫向散開，若發現有敵軍包圍過來，就再橫向散開，拉的距離越大越好，讓公孫瓚無法將我們包圍。」

徐晃、龐德都欣然領命，各自帶領五百騎散開了。黃忠也領著五百騎向左散開，正道中央只留下魏延所帶領的五百騎。

魏延無奈，也只能從命。

他帶著五百騎開始向前衝，將所有的不爽全部發洩到敵軍身上，手持弓箭，帶著五百騎兵向前衝了一陣，定睛看見前面道路上一陣煙塵捲起，雜亂的馬蹄聲也不絕於耳。

「注意，碰上敵軍了，全軍戒備，聽我命令！」

魏延放慢了速度，帶著五百騎兵向前奔馳，他們所用的大弓都是胡或從東夷帶過來的特質的貊弓，射程遠遠超過了一般騎兵所用的短弓。

他定睛看見衝在最前面的人是公孫瓚，眼睛裡冒出了一絲精光，扭臉對身後的部下道：「跟我一起衝過去，擒賊擒王，這是絕佳的好機會！」

五百名騎兵都欣然領命，誰不想立功呢。

「放箭！」

隨著魏延的一聲叫喊，五百名騎兵紛紛朝公孫瓚帶過來的騎兵陣營裡射出了箭矢，以最快的速度射了兩通箭矢。

「拔刀！」五百名騎兵紛紛收起弓箭，拔出腰中所佩戴的鋼刀。鋒利的鋼刀一經拔出來，便立刻跟隨著魏延朝公孫瓚衝了過去。

公孫瓚看見敵軍一員大將帶著五百騎兵衝了過來，便冷笑一聲：「不自量力！」

身邊的斥候立刻指著魏延向公孫瓚稟告道：「主公，來將正是高飛帳下燕雲十八驃騎之一的魏延！」

公孫瓚聽後，眼中冒出一絲精光，立刻道：「衝過去，斬殺魏延，我要用魏延的人頭祭旗！」

公孫瓚的部下先是吃了魏延所帶騎兵的兩通箭矢，他們不禁感嘆對方弓箭射程之遠，當他們用短弓開始朝魏延等人射擊的時候，卻意外地發現魏延等人掄著鋼刀衝了過來，射出的箭矢根本無法穿透敵軍的戰甲，敵軍竟然毫髮無損，只有一兩個胳膊上被箭矢擦傷。

兩撥騎兵瞬間便衝撞在一起，魏延掄著鋼刀，奔著公孫瓚便砍了過去。

公孫瓚手持雙刃鐵矛，未等魏延的鋼刀砍到，他便利用鐵矛的長度優勢，一矛刺了過去，直接刺向了魏延的心口。

魏延鋼刀一轉，立刻擋住公孫瓚的鐵矛，順勢一轉，沿著鐵矛便平削了過去，向公孫瓚的手上砍去。

公孫瓚吃了一驚，沒想到面前的年輕小將竟然有如此技藝，出手如此毒辣，如果他不把鐵矛鬆開的話，他的手必然會被剁下來。他情急之下，立刻將鐵矛刺了出去，同時雙手鬆開了鐵矛，從腰中抽出了佩劍。

魏延身子一扭，一桿鐵矛便從胸前擦身而過，蹭得魚鱗甲的鋼片直響。同時，他用手臂一夾，夾住了那桿鐵矛，左手握著鐵矛的柄端順勢一掃，鐵矛的矛頭便朝公孫瓚的喉頭而去。

公孫瓚急忙用劍擋住，同時身體後仰，背靠著馬背，算是躲了過去，可心中卻還是一片震驚：「一個魏延功夫就如此了得，那高飛的另外十七個驃騎，豈不是都各個如此？他娘的，**高飛都是從哪裡籠絡來的這麼多武將？**」

魏延和公孫瓚交手一合，隨即分開，不僅奪下了公孫瓚的鐵矛，還差點讓公孫瓚喪命，一經分開，左手鐵矛一陣橫掃，便掃死了幾名騎兵，右手的鋼刀不停的揮舞，向公孫瓚的陣營裡殺了過去。

其餘五百名騎兵也都是身經百戰的人，外有堅硬的戰甲，手握鋒利的鋼刀，跟著魏延一陣衝鋒，所過之處不是砍斷敵軍的肢體，就是砍斷敵人的兵器，硬是從公孫瓚的大軍中撕開了一個口子，那口子越撕越大。

公孫瓚調轉馬頭，見魏延帶著五百騎兵猶如無人之境，他恨得牙根癢癢，立刻下令道：「全部包圍起來，不要放過一個人，用箭給我射死他們！」

魏延有自己的打算，他沒有砍下公孫瓚的人頭，卻也不願意身陷重圍，向前又殺了十幾個人後，見前面人山人海的，黑壓壓的一片人，便急忙調轉了馬頭，衝自己的五百名部下大聲喊道：「撤退！」

公孫瓚指揮士兵徹底將魏延等人包圍了起來，遠處箭鏃招呼，近處刀槍劍戟一起朝魏延等人身上刺去。

鋼鐵的戰甲擋去了不少傷害，饒是如此，還是有一百多個士兵不是面部中箭，就是大腿上被刺傷，尚有十幾個騎兵連人帶馬都被長槍刺倒在地，發出了一聲聲悲慘的叫聲。

魏延看到部下有了損傷，便大聲喊道：「衝出去！」

他雙腿夾著座下戰馬，左手持著從公孫瓚手裡奪過來的雙刃鐵矛，右手揮舞著鋼刀，一馬當先地向外衝，身後的數百名騎兵也一起展開猛烈的突圍。

戰鬥進入了最白熱化的狀態，奮勇廝殺的雙方士兵都展現出各自的勇猛，兵器的碰撞聲不絕於耳，慘叫聲更是此起彼伏。

公孫瓚帶著一百名親隨遠遠地站在包圍圈的周邊，看到魏延等人還在奮力拼殺，便大聲喊道：「斬殺敵軍大將者，賞千金！斬殺敵軍任意一員士卒者，賞十金！」

正所謂重賞之下必有勇夫，公孫瓚的部下長久處於低薪狀態，除了能填飽肚子外，軍餉拿的很少，此時聽聞公孫瓚的話，人人都抖擻起精神，使出吃奶的力氣一擁而上，將快要衝出重圍的魏延等人再次團團圍住。

只片刻功夫，魏延身後的士兵已經陣亡了一百五十多人，剩餘的人紛紛靠攏在一起，面對公孫瓚部下手持長兵器的騎兵，往來衝突好幾次，都無法衝出去。

魏延砍殺了一個敵軍士兵，扭頭環視整個戰場，見公孫瓚的部下已經將自己團團圍住，自己部下的士兵士氣也開始低落下來，**他很後悔自己的冒進，可是，現在他除了奮力拼殺以外，再也沒有其他辦法了。**

「全軍聽令，都跟著我，一起向外衝殺，只要殺出重圍，我們就是勝利者！」魏延借機對身後的士兵進行鼓舞。

餘下的三百多騎兵立刻擺開一個陣形，以魏延為排頭，像錐子一樣向外衝。

公孫瓚見魏延奮力想衝出重圍，便立刻揮舞著手中的長劍，大叫道：「擋住魏延，擋住魏延，千萬不能讓他跑了！」

這時，西北方捲起了一陣塵土，黃忠手持黃金大弓一馬當先殺了出去，身後緊隨的五百名弓騎兵開始不停地朝正在混戰的公孫瓚軍放箭。

突然從背後殺來的黃忠讓公孫瓚大吃一驚，他見西北方的士兵有不少人死在箭矢之下，而黃忠等人也都已經抽出了佩戴的鋼刀，一個個揮舞著手中的利刃，如狼似虎地朝西北方撲了過去，而他的部下正如一群待宰的羔羊一樣，在黃忠所部的猛烈衝擊下顯得不堪一擊。

「文長！老夫來救你了……」

黃忠一馬當先，手起刀落間，便砍掉一個士兵的頭顱，大聲地衝包圍圈裡的魏延喊道。

魏延聽到喊聲，扭頭看見黃忠帶人來救援，心中無限歡喜，立刻帶領部下調轉方向，朝黃忠攻擊的西北方向外突圍。

公孫瓚還沒有反應過來，聽見自己的背後響起一陣雜亂的馬蹄聲，一個臉上有著一塊青斑的大將，帶著五百騎兵一馬當先的快速衝了過來，大吃一驚，立刻帶著自己的部下向南逃去，逃了一段路後，扭頭看見那漢子沒有奔向包圍圈，反而追著自己來了，目光裡透露出來的犀利眼神讓他看了一陣機靈。

「快擋住他，快擋住他……」公孫瓚快馬加鞭，不敢停留，對身後的一百名親隨大聲地喊道。

公孫瓚隻身逃命，身後的一百名親隨擋住追兵，他向後跑了許久，進入部下的陣營裡，這才停了下來。

看到自己的一百名親隨已經有七八十人被斬落下馬，他急忙指著那面帶青斑的漢子問道：「此人是誰？」

有知道的人答道：「啟稟主公，這人乃是燕雲十八驃騎之一的徐晃。」

公孫瓚斜了眼黃忠那邊，見黃忠已經將包圍圈給撕開了，猶如一把利刃一樣直接插進了包圍圈裡，和魏延合兵一處，很快便將魏延給救走了。

他又指著黃忠問道：「此人又是誰？」

「也是燕雲十八驃騎之一，叫黃忠！」

公孫瓚嘆了口氣：「**為什麼高飛的部下都是如此勇猛善戰的人？**」

魏延被黃忠帶兵救出，那邊的徐晃也見好就收，三人同時向北撤離，在撤離的時候，還不忘記用弓箭招呼公孫瓚的部下，又連續射死了不少人。

公孫瓚的部下正要去追，卻被公孫瓚阻止：「追之無益，速速令周比、潘宮、陳適向我靠攏，全軍暫時駐紮在高飛的棄營之中。」

斥候「諾」了聲，便策馬狂奔，朝三個方向跑了過去。

周比、潘宮、陳適三將各自率領一千士兵想迂迴包圍黃忠等人，哪知道三將正面遇到了黃忠、徐晃、龐德三部兵馬，三將都立功心切，便帶兵追擊。結果在黃忠、徐晃、龐德三人的弓騎兵邊退邊打的狀態下，折損了不少兵馬，而且越追距離拉得越遠，到最後便放棄了追逐。

三將本想向公孫瓚靠攏，不料被黃忠、徐晃、龐德各自率部追擊，三將迅速收攏部隊，合兵一處，由於士兵所用的弓箭沒有黃忠等人的射程遠，吃了一個大大的虧。三將見不是黃忠等人的對手，又折損了兵馬，只好緩緩後退。

黃忠、徐晃、龐德再次聚攏在一起，卻不見魏延，黃忠想魏延是去攻擊公孫瓚的本隊了，便留下龐德牽制周比、潘宮、陳適三將，他自己和徐晃分兩路而進，前去奇襲公孫瓚的本隊。

公孫瓚看了看地上躺著的一千五百多名屍體，其中燕軍的只有兩百多具，剩餘的全是他的部下。他從馬背上跳了下來，走到了一具燕軍屍體的身邊，看了看燕軍屍體身上披著的戰甲和拿著的武器，恍然大悟道：「難怪他們不懼怕我軍的箭陣，原來是這戰甲的作用……」

蹲下身子，他從地上拿起一張大弓，拉開並射出一箭，射程遠遠地高出自己部下所用的弓箭，仔細察看一番，忽然豁然開朗：「這是東夷人的貊弓……這戰甲、這貊弓、這鋒利的精鋼製成的鋼刀都遠遠超出了我軍的裝備，**難道這就是高飛帳下最精銳的飛羽軍嗎？**」

話音落下不久，周比、潘宮、陳適三將便帶著殘軍回來了，他們出去三千人，回來的卻只有一千八百多人，不僅沒有射殺敵軍一人，反而折損了一千多人。

三人垂頭喪氣地來到公孫瓚的面前，抱拳道：「主公，我等未能殺掉敵軍一人，反而折損了些許兵馬，還請主公治罪……」

公孫瓚此時倒是顯得很大度，擺擺手道：「這是高飛的飛羽軍武器裝備精良之故，我太低估了高飛的實力，為今之計，只有先到高飛的棄營休息，等待公孫越、嚴剛的兩萬步軍抵達，再另做打算。」

雜亂的馬蹄聲再次想起，穆順、郭英二人帶著一千騎兵跟了上來，看到官道兩旁死屍一片，自己軍隊的士氣又很低落，立刻就明白了怎麼回事。二人翻身下馬，徑直來到公孫瓚的面前，抱拳道：「主公，末將來晚了。」

公孫瓚道：「來得正好，公孫越、嚴剛離這裡還有多遠？」

穆順答道：「還有五里路。」

公孫瓚道：「好，現在打掃戰場，掩埋我軍士兵屍體，將燕軍士兵的戰甲和武器全部收攏在一起，在前面的燕軍棄營裡休息，等公孫越、嚴剛帶領大軍到來之後，再另做打算！」

眾人齊聲道：「諾！」

黃忠、徐晃、龐德、魏延合兵一處，兩千人裡，只有魏延的部下折損了兩百多人，其餘的人都完好無缺。

魏延全身是血，一路上低著頭，一聲不吭，原先那股衝勁，現在已經蕩然無存。徐晃、龐德亦是沉默不語，靜靜地走著。

黃忠見魏延不吭聲，已經猜到了魏延心中所想，便以長者身分對魏延道：「文長……」

魏延一聽到黃忠叫他，立刻說道：「老將軍，我知道我錯了，我不該擅作主張，不該仗著武器和裝備的優勢拿士兵的生命做賭注。我回去以後，自己向主公請罪！」

黃忠道：「文長，其實你的計策不錯，如果兵力再多一點的話，也許能夠成功。我只想讓你知道，**以後凡事都要三思而行**，如果今天不是周比、潘宮、陳適三將主動合兵一處，我也無法得知你的意圖，那你就真的會被公孫瓚的大軍圍死在裡面。年輕人哪有不犯錯的，以後別再犯這種錯誤就行了，你擅自行動不聽號令，這個責任，我無法幫你開脫，主公面前，你好自為之。」

魏延聽完黃忠語重心長的話，便道：「老將軍放心，以後我不會再擅自行動不聽號令了，今天給三位將軍帶來諸多麻煩，還請三位將軍見諒。」

黃忠、徐晃、龐德三人都安慰了魏延幾句，四人帶著兵馬，一路向北奔馳而去。

夕陽西下，天邊出現了火紅的雲霞，漫天飛舞著，將整個大地映照得如同血色一般。

南平城外五十里處新紮下的大營裡，高飛和兩千名士兵駐守此地，將其餘的兵力全部派到後面，進行十里一紮營的工作去了。

高飛站在望樓上，向遠處眺望，但見卞喜從暮色四合的昏暗中奔馳過來，當即問道：「公孫瓚有何動向？」

卞喜沒有下馬，勒住馬匹，衝站在望樓上的高飛喊道：「黃忠、徐晃、龐德、魏延和公孫瓚進行了一次混戰，殺敵兩千餘人，我軍陣亡兩百餘人，如今公孫瓚的大軍已經全部屯駐在我軍棄營之中，並不急著向前追趕。」

高飛問道：「混戰？兩千持有貊弓的騎兵，和公孫瓚打游擊，怎麼可能會發生混戰？」

卞喜道：「屬下無能，未探明原因，請主公恕罪！」

高飛道：「你速去傳令所部的全部斥候，分散在公孫瓚軍附近，嚴密監視，每隔一段距離留下一個人，一旦公孫瓚軍有任何動向，就以接龍的方式立刻彙報到這裡。」

卞喜「諾」了一聲，調轉馬頭，大喝一聲便朝南奔馳而去。

高飛依舊站在望樓上，眺望著暮色中的蒼茫大地，等待著從前線歸來的黃忠、徐晃、龐德、魏延四人。

在聽完卞喜的彙報之後，高飛就在尋思混戰的起因，他敢肯定，一定是有人為了爭奪功勞，不聽號令，以至於折損了二百多騎兵。

十幾分鐘後，黃忠、徐晃、龐德、魏延四人便帶著一千七百多騎兵回來了，看見高飛站在望樓上，四人面面相覷。

高飛見四將帶兵回來了，立刻走下瞭望樓，在寨門迎接黃忠、徐晃、龐德、魏延四將，他看到魏延、黃忠、徐晃身上都是滿身血污，便怒喝道：「是誰？」

黃忠翻身下馬，當即朝高飛拱手道：「主公，是我軍令不嚴，以至於和公孫瓚發生了混戰，請主公責罰。」

魏延急忙跳下馬背，「撲通」一聲跪在高飛的面前，抱拳道：「啟稟主公，此事和黃老將軍無關，是我擅自做主，對公孫瓚的本隊展開了攻擊，以至於身陷重圍，幸好有黃老將軍和徐將軍前來搭救，才得以逃脫。屬下違反了主公將令，請主公責罰！」

徐晃、龐德二人翻身下馬，向高飛拜道：「主公，我等皆與魏延同罪。」

高飛很氣憤，他雖然器重魏延，可是魏延這種擅自做主不聽號令的做法讓他難以忍受，如果是平時，他也就睜一隻眼閉一隻眼了，可是現在正處在戰爭階段，任何不聽從命令擅自行動的人都要予以重罰。

他的軍隊和袁紹的二十萬大軍比起來，實在是有著很大的差距，所以他這次攻打公孫瓚，儘量以減少傷亡為主，如今二百多個精兵陣亡了，他能不發怒嘛。

「魏延，你擅自行動，以至於害死了二百多將士的性命，這個罪責不可饒怒！」高飛已經聽出來是魏延單獨行動所致，怒道。

魏延叩拜道：「魏延甘願接受主公的任何處罰，絕無任何怨言！」

高飛見魏延還是太年輕，便道：「從今天起，削去你將軍的職位，從普通士兵做起，暫時在高林帳下擔任親兵！」

魏延拜道：「屬下領命。」

高飛對黃忠、徐晃、龐德三人道：「你們三個與魏延同道，魏延發生此類事情，你們也難辭其咎，應當一併受罰，扣除半個月的俸祿，以示懲戒！」

黃忠、徐晃、龐德三人都沒有怨言，齊聲道：「謹遵主公命令，我等甘願受罰！」

高飛隨即朗聲對在場的所有士兵喊道：「從今天起，凡是有違抗軍令者，一律問斬！」

「諾！」所有的士兵齊聲答道。

高飛轉身對身後的高林道：「傳我將令，讓橫野將軍臧霸入列燕雲十八驃騎，統帥魏延舊部。」

高林應聲傳喚臧霸去了。

隨後，大軍入營，高飛讓參戰的士兵好好在營中休息，讓高林負責營寨的把守工作，自己則坐在大帳中，等待卞喜傳來新的消息。

魏延此時換上了普通士兵的軍裝，一身墨綠色的新式軍裝穿在他的身上，倒也顯得很是威武。

他雙手捧著一個托盤，托盤裡放著一壺酒，徑直走到高飛的身邊，將酒壺放在高飛的面前，小聲道：「主公，請用酒。」

高飛見魏延雖然脫去了將軍的戰甲，卻依然掩蓋不住將軍的那種氣息，一邊拿著酒壺，一邊對魏延道：「文長，你對我的今天的處罰可算滿意？」

魏延道：「主公給予屬下如此的處罰，已經是寬大了，屬下不敢有一絲一毫的埋怨。」

高飛道：「你坐！」

「屬下待罪之身，不敢隨便就座。」魏延欠身道。

「我讓你坐你就坐，不然就是違抗命令。」

「諾！」魏延聽命地坐在高飛的身邊。

高飛道：「其實你是個很不錯的武將，就是太年輕，爭強好勝。你和黃忠、徐晃、陳到、文聘同時來到我的帳下，比較你們幾個人，最有潛力的就是你。黃忠年長，行事也很謹慎，徐晃、陳到、文聘為人穩重，也有年輕人的衝勁，四個人的實力不相上下，但是我最看好的就是你，知道這是為什麼？」

魏延搖了搖頭。

高飛語重心長地道：「**因為你的思維，你的果敢！**黃忠、徐晃、陳到、文聘都是穩重的人，也是可以託付大事的人，鎮守一方、獨當一面皆可，可是要**說到出奇制勝，我覺得他們四人不如你**，你的思維活躍，敢打敢鬧，通常你這種不按常理出牌的人能夠扭轉整個戰局，這就是我看重你的地方。」

魏延聽了，心裡暖烘烘的，拜道：「多謝主公讚賞。」

高飛道：「你暫且跟在我身邊，等用到你的時候，我自然會讓你官復原職。我經常和智囊商議事情的時候，你也可以在身邊旁聽一二，希望你能夠在段時間內讓我另眼相看，也希望你的腦海中會逐漸形成大局觀，在縱覽大局的時候，再進行出其不意的策略謀劃。」

魏延見高飛對自己很是器重，心中感動的不得了，便當即拜道：「主公對文長的大恩，文長這輩子都不會忘記，文長這輩子都唯主公命令是從。」

高飛管理人才很有一套，總喜歡**打一棒槌，再給個糖吃，對一些瑣事他可以放任自流，但是在大事上，該罰就罰，罰完後，還讓你對他感恩戴德**。

看到魏延已經徹底對自己心悅誠服了，高飛便給魏延倒了一杯酒，兩人小酌幾杯，又增添了不少情誼。

「主公，如今我軍齊聚在這裡，高飛也必定會認為我們損兵折將，不會再展開追擊了，不如今夜劫營，必然能夠獲得大勝。」公孫越獻策道。

公孫瓚點點頭道：「好，就照你的意思辦。高飛故意用飛羽軍殿後，就是為了向我軍展示一下實力，以為我軍這樣就會怕他，不再追擊了，簡直是癡人說夢。」

「可是主公，燕軍的陣營裡有射程較遠的貊弓，我們的騎兵所用的弓根本無法達到貊弓的射程，而且燕軍的武器裝備都很精良，如果一味的拼殺，只是增加傷亡而已。」潘宮拱手道。

公孫瓚道：「這個不用擔心，我已經有方法對付他們了。燕軍的將士多穿鋼制的鎧甲，雖然看起來堅不可破，可是這戰甲只能護住前胸和後背，這就是燕軍的弱點，只要不攻擊燕軍士兵的前胸和後背，而改為攻擊燕軍的下盤和脖頸，必然能夠取得輝煌的勝利。」

公孫越豎起了大拇指，讚道：「主公高明。」

公孫瓚臉上露出陰笑，道：「眾將聽令，今夜子時，便是讓高飛授首的時刻，傳令下去，凡是砍掉高飛腦袋的人，我賞賜三千金，砍掉燕雲十八驃騎腦袋的，我賞賜一千金，砍掉高飛智囊腦袋的，也賞賜一千金。」

「諾！」

深夜，高飛獨自一人坐在大帳裡，從公孫瓚入住他的棄營開始，已經過去一個時辰了，據卞喜斷斷續續回來報告的情況來看，公孫瓚似乎真的打算在那裡過夜了。可是，他的右眼皮一直在跳，所謂**左眼跳財，右眼跳災**，他的心裡莫名有著一絲不安。

他從未正視過公孫瓚，不僅因為他已經在歷史書上瞭解公孫瓚的事蹟，也因為公孫瓚的囂張讓他看了不爽，在幽州的時候，他就和公孫瓚差點發生衝突。可是這次，他覺得公孫瓚變得沉穩了，居然不再貿然進攻，而是暫時屯駐在軍營裡按兵不動。

另外，他擔心屯兵河間的劉備以及袁紹在冀州、青州的兵馬會前來相救，所以，他最遲必須在明天攻下南皮城，否則，他將陷入被動局面。

「主公……公孫瓚帶兵出營了，想來夜襲營寨！」卞喜氣喘吁吁地跑了來。

「傳令下去，讓黃忠、徐晃、龐德三人各率領五百騎兵殿後，其他人全部撤離，退到十里後面的營寨裡。」高飛正愁公孫瓚不來呢，臉上立刻高興起來。

命令下達後，黃忠、徐晃、龐德三人各自帶領五百騎兵殿後，按照高飛制定的游擊戰術拖住公孫瓚，高飛則帶領營中的士兵開始向後撤離。

與此同時的浮陽縣，縣城在夜幕下燈火通明，縣城內外也聚集了數萬兵將。

這裡距離南皮城一百一十里，太史慈等人照高飛的吩咐，每隔十里一下寨，連續紮下了七個簡易的營寨，不想已經到了浮陽縣境內，而從天津奔馳而來的兩萬五千人的馬步軍也於夜晚抵達浮陽縣城。

賈詡作為高飛副貳的軍師將軍，全權接管了浮陽城，聽太史慈說起許攸的建議，他便立刻明白了許攸的意思，然後著手進行了一番布置。

當斥候從南皮方向飛奔而來，告知賈詡公孫瓚已經行動的時候，賈詡便立刻將屯在浮陽縣城內外的數萬將士分別調離縣城，只將褚燕、周倉的五千匹連環馬留下來守護縣城。

五月的天氣，夜裡遠離了白天的燥熱，微風吹起時，讓每一個人都感到無比的涼爽，數萬大軍埋伏在第七座大營附近，專門等著公孫瓚軍到來。

公孫瓚以三千白馬義從為主力，親自率領嚴剛、周比、潘宮、穆順四將，以迅雷不及掩耳之勢向高飛所在的營地奔馳而去。

此時的公孫瓚，內穿鎖子甲、外披魚鱗甲，手持貊弓，腰懸鋼刀，胯下一匹純白色沒有半根雜毛的高頭大馬，整個人顯得英武不凡。他的身後四將也都是同樣打扮。公孫瓚從燕軍死屍的身上扒下了武器裝備，用在自己的親隨隊伍上。三千白馬義從在前，四千五百匹騎兵在中，兩萬步兵在後，浩浩蕩蕩地朝前方營地殺了出去。

公孫瓚行不到五里地，突然從官道兩旁的樹林中射出一通亂箭，緊接著，黃忠、徐晃、龐德三人從左、中、右三面夾擊。他也毫不示弱，立刻進行反擊，並且分派士兵四散開來，做包圍狀。

黃忠、徐晃、龐德三個人見狀，立刻撤退，而且邊退邊打。不過，這一次可沒那麼順利，總是有二百來騎緊緊地咬著他們，無論從弓的射程上還是從防禦上，都和他們一模一樣。

公孫瓚帶著嚴剛、周比、潘宮、穆順和二百披著精良裝備的士兵一馬當先，對敵人絲毫不會留情，用他們的弓箭，硬是射傷了幾十個騎兵。

「老將軍，看來公孫瓚是從死去的弟兄身上扒下我們的武器和裝備了，我們不能這樣打，一直被咬著，也無法脫身。」龐德立刻叫道。

黃忠身為主將，豈有不知道的道理，只是他一時還沒有想出什麼好的辦法而已。於是，他問道：「令明有何良策？」

龐德道：「公孫瓚所帶的人總共就有二百來騎，如果分兵引誘的話，可以實行單兵作戰，一對一對的打，也讓公孫瓚看看，我軍的士卒絕對不是只靠精良的裝備才獲得勝利的。」

「好，我來進行引誘。」徐晃叫道。

黃忠道：「公明，那一切拜託了。」

徐晃道：「兩位將軍請先退後，我將那支部隊引到一邊之後，設法殺死那撥騎兵，然後你們引公孫瓚的大軍進入正途。」

黃忠、龐德道：「一切拜託徐將軍了。」

三人商議已定，黃忠、龐德率領部下先行撤退，徐晃只留下二百三十騎，便向官道下面的原野中跑了過去。

公孫瓚見後，心中大喜，以為敵軍害怕自己了，當即對周比道：「敵軍分開了，給你這支騎兵，你去追擊徐晃，我帶領大軍追擊黃忠、龐德，然後在燕軍大營回合！」

周比「諾」了聲，帶著全副武裝的二百來騎便去追擊徐晃，公孫瓚則放慢速度，和身後的白馬義從一起沿著官道向北狂追。

不多時，黃忠、龐德再次出現在公孫瓚的面前，邊退邊打，硬是引著公孫瓚向前走。

另一方面，徐晃引誘到周比之後，奔跑不遠，便下令將部隊一分為二，然後二分為四，直到最後分成十幾個小隊時，再統一調轉馬頭，向後回殺。

周比所部不及徐晃的兵馬，經過一場混戰，很快便被徐晃消滅，徐晃砍下周比的頭顱，然後聚攏士兵，向黃忠、龐德靠攏。

當公孫瓚被成功引誘到第三座營寨的時候，驚愕地發現燕軍已經退兵了，他沒有讓士兵進行停留，而是一直追著黃忠、龐德、徐晃跑，一路奔襲幾十里，又連續占領了五個營寨，始終沒有看見燕軍的大部隊，只是在和黃忠、龐德、徐晃等人進行小規模的戰鬥。

公孫瓚又占領了第六座燕軍的營寨，黃忠、龐德、徐晃也頓時消失得無影無蹤。他的部下經過這次長途奔襲，已經是人困馬乏，無奈之下，只能在營寨中選擇休息，並且等待後面公孫越所帶領的步兵到來。

進入營寨後，公孫瓚便聚集眾將，道：「看來高飛也不過如此，只是仗著武器裝備優良而已，現在一臉丟失了七座營寨，對我軍而言，是一個再好不過的勝利。現在已經進入了浮陽縣地界，縣城就在前面不遠，高飛應該將大軍屯在了縣城裡，我們今天好好休息一番，等明天一早，我軍就對浮陽展開攻擊。」

「諾！」

隨後，公孫瓚讓人不卸甲，馬不卸鞍，以防止燕軍偷襲，並且增派崗哨巡邏大營。

到了後半夜，大營一切無事，而公孫越率領的兩萬步軍，也終於抵達了這裡。兩軍合兵一處，那兩萬步兵比起公孫瓚的騎兵來要困乏許多，一路上長途跋涉奔跑了七八十里地，從昨天下午從南皮城出發，到現在的後半夜，他們一頓飯沒吃，一口水沒喝，更是累得不行，心裡對公孫瓚更是怨聲載道。

這件事也超出了公孫瓚的預料，他本以為高飛會進行一番抵抗，哪知道一連退了七八十里地，彷彿是在退避三舍一樣。他出城的時候沒有讓士兵帶乾糧和水，以至於現在肚子餓了都得忍著。

平明時分，公孫瓚的大軍都東倒西歪地躺在營地裡睡覺，他們實在是太累了，就連巡邏的士兵也都睡著了，整座軍營裡，除了呼嚕聲外，什麼聲音都聽不見。

忽然，不知道是誰大喊了一聲「走水了」，緊接著，整座營寨裡一陣慌亂。

公孫瓚還在熟睡中，正夢見自己抱著兩名美女，美女一個倒酒，一個給他夾菜，不亦樂乎呢。

「主公……主公……不好了，走水了，走水了！」公孫越一把掀開公孫瓚大帳的捲簾，大聲喊道。

公孫瓚從夢中驚醒，聞見濃濃的燒焦味，一個不留神，便被煙嗆著了，猛烈地咳嗽了幾聲：「怎麼……怎麼回事？」

公孫越道：「我們上當了，我們已經被燕軍全部包圍了，營寨裡還著了火，許多士兵都爭先恐後的出寨投降燕軍了。」

公孫瓚急忙走出了營帳，看見大營的左右兩邊都是火光，雖然火勢不大，但足以讓整個軍營裡的士兵陷入慌亂。

他看見士兵紛紛朝寨門口跑去，跑到寨門外，將手中的武器全部丟在地上，舉著雙手走到了燕軍的面前，然後燕軍在那裡發放食物和水。

「主公，整個大軍都亂了，我親手殺了三個士兵，根本就止不住，我們現在該怎麼辦？」嚴剛提著一把帶血的鋼刀從一旁跑了過來，衝公孫瓚道。

公孫瓚整個人都懵了，他哪裡想得到自己的兩萬多大軍就這樣被高飛打垮了，一半的士兵爭先恐後的逃出了大營，潘宮、穆順、陳適、郭英也都主動帶著士兵去投降了，大營的外面黑壓壓的一片人，都是穿著統一軍裝，披著戰甲的士兵，看上去足足有五萬人。

火勢逐漸朝中軍大帳這裡蔓延，除了公孫瓚親隨的百餘人聚集在一起外，其他人都紛紛逃出了營寨，而被火燒傷的，也不過才十幾個人而已。

「為什麼會這樣？蒼天啊，你對我公孫伯珪為何會如此的薄情？」

公孫瓚現在肚子裡空空如也，又累又餓，體力已經虛弱到了極點，他看到慌亂的大營仍舊在不斷的慌亂，他卻無能為力。

大營外，高飛騎著一匹高頭大馬，在諸位將領的陪同下向前奔馳了一段路，定睛從轅門那裡看見裡面的公孫瓚，便衝裡面喊道：

「公孫瓚，你已經被包圍了，你的軍團也已經徹底瓦解了，識相的話，就自刎而死，我還能給你留個全屍。」

公孫瓚看著高飛的眼神十分的惡毒，他當下抽出了鋼刀，對嚴剛、公孫越道：「高飛只是要殺我一個人，你們出去投降，或許還能有條活路……」

「大哥！」公孫越一把抓住了公孫瓚的手，大聲叫道，「大哥不可氣餒，我率領親隨殺出一條血路，大哥回到南皮之後，便帶著續兒去鄴城，借助袁紹的力量再捲土重來。」

嚴剛急忙抱拳道：「主公，末將願意誓死護衛主公逃離此地，如今關靖去河間了，劉備和主公是同窗好友，主公可以暫時到劉備處躲避，再聯合袁紹一起對高飛發動攻擊，必然能夠一雪前恥。」

公孫瓚握著鋼刀的手顫巍巍地抖了起來，看著混亂的軍營，外面嚴陣以待氣勢雄渾的燕軍，他整個人便重重地嘆了一口氣，對公孫越和嚴剛道：「如今我大軍被圍，士兵軍心渙散，就憑藉著這百餘人，如何能夠衝得出去？」

「大哥……」

「主公……」

公孫瓚抬起左手，右手緊握鋼刀，對公孫越和嚴剛道：「如果你們還拿我當大哥，當主公，我就給你們下最後一道命令，你們帶著這一百多人投降高飛去吧，他要的只是我一個人而已。投降高飛之後，就去勸降續兒，讓續兒出城投降，他是我唯一的兒子，我不想我們公孫家絕後。」

話音一落，公孫瓚手提鋼刀，徑直走到了轅門附近，衝對面的高飛喊道：「燕侯，你要的只不過是我公孫瓚的一顆頭顱而已，劉虞之死，確實是我殺的，冤有頭，債有主，我就用這顆人頭來祭奠劉虞的冤魂。但是，我有一個條件……」

高飛打斷公孫瓚的話：「勝者為王，敗者為寇，這麼淺顯的道理你都不懂？你看看你身邊的士卒，你的大軍已經全部土崩瓦解了，你還有什麼資格跟我談條件？你如今只有一死而已！」

公孫瓚哈哈笑道：「高飛，我公孫瓚好歹也是白馬將軍，如今能敗在你的手上，我也無話可說，只怪我手下沒有強兵良將，否則的話你也無法打敗我。不過，你可別忘記了，冀州並不光有我一個人，袁紹才是堂堂正正的冀州之主。袁本初擁兵二十萬，依然成為河北之雄，你擅自攻打渤海郡，必然會惹來袁本初的攻擊，**他一心向奪取幽州，這個時候正好是個契機。你帶領這麼多大軍來攻打渤海郡，並非只是那麼簡單只為了給劉虞報仇吧？**」

高飛道：「是又怎麼樣，不是又怎麼樣？」

公孫瓚道：「如果你想和袁紹爭奪冀州，那你就必須答應我的條件，我可以幫助你成為冀州之主！」

「哦？」高飛覺得有一點詫異，「你都成這個樣子了，還有什麼能力可以幫助我？」

公孫瓚道：「你別忘記了，在河間還有劉備的一萬兵馬，雖然他的兵力少了點，可是他的帳下有關羽、張飛這樣的虎將，更有糜竺、孫乾、簡雍為其謀劃，

**如果你答應我的條件，我可以寫封信，讓劉備歸順於你，轉而對付袁紹，這樣一來，你就會多了一份勝算。」**

高飛哈哈笑道：「我還以為你說的是什麼籌碼呢，原來是劉大耳朵。不過你不用費盡心機了，劉大耳朵如果願意投靠我的話，他早就投靠了。說你的條件吧，興許我心情一好，就答應你了呢。」

公孫瓚見劉備這個重要的籌碼丟失了，心中很不滿意，可是現在他已經沒有任何籌碼了，也不必顧忌了，朗聲說道：「我死之後，請你放過我的弟弟公孫越、兒子公孫續，給我公孫家留上一點血脈，我是自刎而死，與你無關，他們絕對不會找你報仇的……」

高飛將手向前一招，便見胡彧從人群中推搡出一個青年，那青年正是公孫續，他一見到對面的公孫瓚，便急忙喊道：「父親大人……」

公孫瓚急忙道：「續兒……你怎麼會在這裡？」

胡彧鬆開了公孫續，公孫續朝著公孫瓚便跑了過去，一邊叫著「父親大人」。當公孫續跑到公孫瓚的身邊時，父子二人緊緊地相擁在一起。

公孫瓚問道：「續兒，你怎麼會在這裡，南皮城呢？」

公孫續道：「父親大人帶領大軍出戰不久，便從西南奔馳來了一隊騎兵，打著袁紹的旗幟，穿著袁紹軍的服裝，孩兒以為是袁紹的援軍來了，便放入了城中，哪知道那隊人是高飛的燕軍喬裝打扮的，領頭的胡彧直接將孩兒抓了起來，城內士兵對父親早有怨言，根本沒有做任何抵抗，便全體投降了，南皮城……南皮城就這樣丟了。」

公孫瓚緊緊地抱著公孫續，心中充滿了悔恨。

此時，公孫越、嚴剛帶著一百多親隨來到了轅門外，大營裡的火也越燒越旺，逐漸向中軍大帳蔓延，而公孫瓚的兩萬多大軍，在潘宮、穆順、陳適、郭英四將的帶領下，集體向高飛的燕軍投降了。

「大哥，我和嚴剛保護著你衝出去，請大哥跟隨在我們的後面。」

公孫越已經將生死置之度外，朝嚴剛使了一個眼色，舉著刀，帶著部下的一百多個親隨便朝高飛衝了過去。

高飛連動都沒有動，便見胡彧帶著王文君、白宇、施傑、李玉林四將和五百東夷籍的弓箭手擋在高飛的前面，一通箭矢射過去，公孫越、嚴剛和那一百多個人都一命嗚呼了。

請續看《三國奇變》【戰略篇】第九卷 美人計

# 三國奇變【戰略篇】卷8 各懷鬼胎

作者：水的龍翔
發行人：陳曉林
出版所：風雲時代出版股份有限公司
地址：10576台北市民生東路五段178號7樓之3
電話：(02) 2756-0949
傳真：(02) 2765-3799
執行主編：朱墨菲
美術設計：吳宗潔
行銷企劃：林安莉
業務總監：張瑋鳳

初版日期：2022年1月
版權授權：蔡雷平
ISBN：978-986-5589-33-2

風雲書網：http://www.eastbooks.com.tw
官方部落格：http://eastbooks.pixnet.net/blog
Facebook：http://www.facebook.com/h7560949
E-mail：h7560949@ms15.hinet.net
劃撥帳號：12043291
戶名：風雲時代出版股份有限公司

風雲發行所：33373桃園市龜山區公西村2鄰復興街304巷96號
電話：(03) 318-1378
傳真：(03) 318-1378
法律顧問：永然法律事務所 李永然律師
北辰著作權事務所 蕭雄淋律師

行政院新聞局局版台業字第3595號 營利事業統一編號22759935


**定價：290元**


國家圖書館出版品預行編目資料

三國奇變 / 水的龍翔著. -- 初版. -- 臺北市：風雲時代出版股份有限公司, 2021.04-　冊；　公分

ISBN 978-986-5589-33-2（第8冊：平裝）--

857.75　　110003326